JN198070

低レベルすぎて追放されたけど
最強スキル発動で無双ハーレム！
愛内なの
Nano Aiuchi
illust:あきのそら
KiNG novels

伯爵家のお嬢様
ウェンディ・ノイマン

気弱な魔法使い
ローナ
生真面目な侍女
アリン

「あっ!? うそ、やだっ、見ちゃだめっ!」

この宿にはなかなか立派な姿見があったので、
それを利用させてもらった。

肩越しに見るとそこには、俺の上に座り込んで
腰を振っている彼女の姿が映っている。

「だめ、こんなの淫乱みたいじゃないっ!」

「このっ……あひゅっ!?

やっ、待って!

突き上げちゃダメッ……ひぃんっ!!」

低レベルすぎて追放されたけど最強スキル発動で無双ハーレム！

愛内なの
illust：あきのそら

KiNG novels

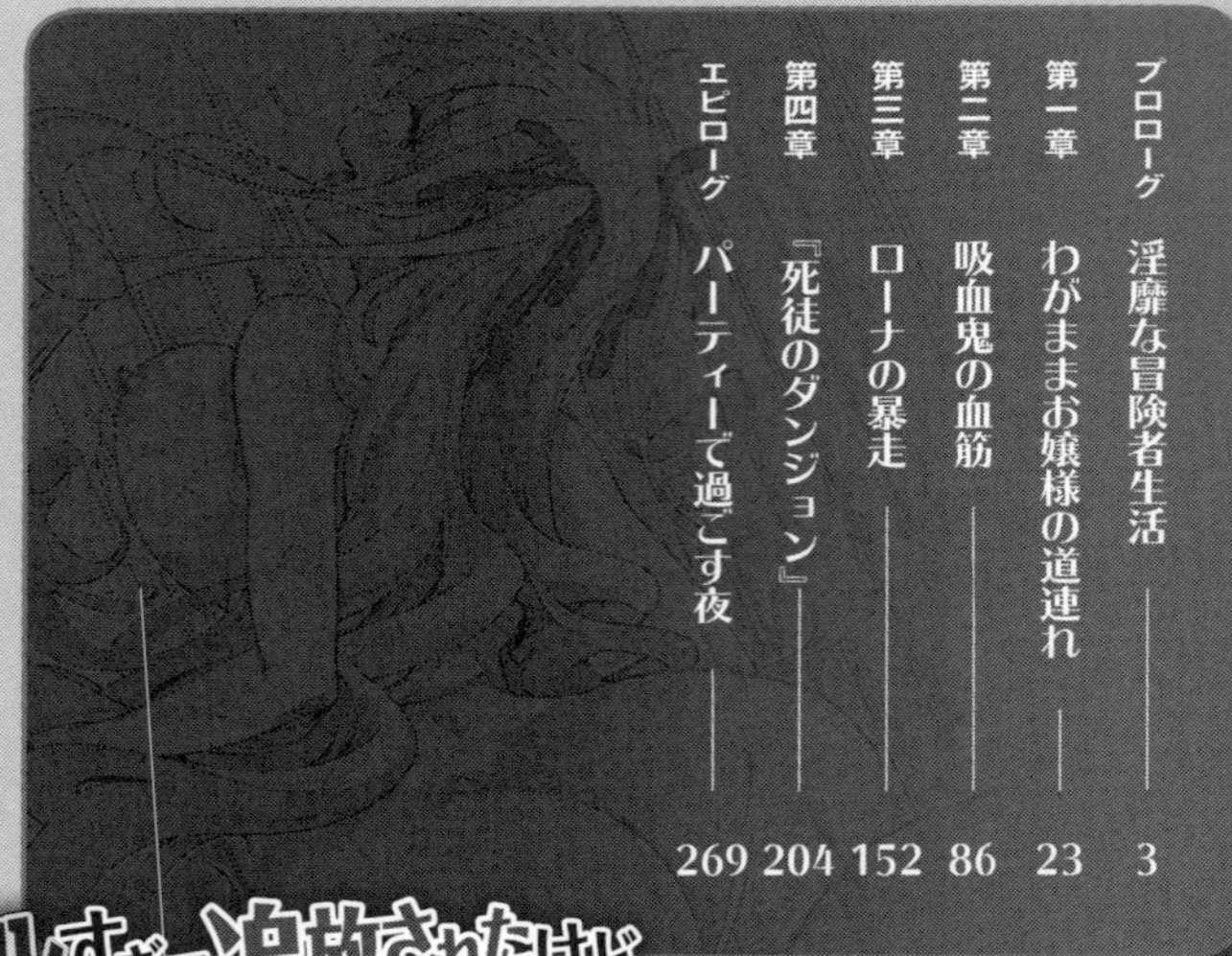

低レベルすぎて追放されたけど最強スキル発動で無双ハーレム！

contents

プロローグ　淫靡な冒険者生活

曇りない空で大きな月が輝く夜。

『死徒のダンジョン』を有するシュタインの町では、静かに時間が過ぎていた。

ただ、そんな中でも宿のこの寝室だけは少しにぎやかだ。

本来は俺ひとりで寝るはずのベッドに、半裸の美女が三人も集まっている。

「ちょっと、ジョシュア。いつまでそうして眺めているつもり？」

正面から睨むように見つめてくる少女はウェンディ。

このシュタインの町を含め広大な領地を持つ貴族、ノイマン伯爵家の四女だ。

黄金のように輝く長い金髪をツーサイドアップにまとめ、エメラルド色の瞳を持つ。

若干キツめな目つきと高慢そうな表情が、見る者に威圧感を与えていた。

ただ、それ以外はまさに高貴な身分のお嬢様という感じで、スタイルだって飛び切りよい。

本来なら立場も能力も庶民な俺とは、文字どおり立場が違う。

通っていた魔法学園でだって、表向きは平等な学生であっても、しっかりと差があった。

けれど、今このベッドの上では、こちらのほうが主導権を握っている。

「いつまでだって？　そんなの、俺が満足するまでに決まってるだろう」

そう言い返してやると、ウェンディの表情がさらに険しくなる。

「このわたくしにこんな格好をさせて、ただですむと思っているのかしら？」

彼女は胸元を露にした姿のまま、俺を睨みつける。

「次のダンジョン攻略では先頭に立たせて、モンスターへの盾にしてあげるわ！」

「おお、怖いリーダー様だなぁ」

俺と彼女を含めた四人は、『死徒のダンジョン』攻略を目指す冒険者パーティーだ。

ウェンディお嬢様が功名心からダンジョンを攻略しようと思い立ち、俺やローナは同郷で同級生だったせいで巻き込まれてしまった口だ。

最初のころは名実ともにウェンディがパーティーのリーダーだったけれど、今は少し事情が違う。

ある事件をきっかけに、俺の実力が彼女を凌ぐようになったからだ。

まあ、有力貴族のお嬢様という立場がある故、ウェンディがリーダーということは変わらないけれど。おかげで立ち位置も少し変わり、俺はこうしてパーティーの美女たちをベッドで侍らせることが出来るようになっている。

今は彼女たちに自分で服をはだけるように言い、俺の前に肌をさらさせていた。

「ジョシュア様、あまりお嬢様と喧嘩なさらないでください」

ウェンディと睨み合っていると、左側から声がかけられた。

そちらに顔を向けると、ウェンディに負けず劣らずな美女がいる。

彼女の名前はアリン。ウェンディの忠実な従者だ。

ミディアムボブな黒髪は清潔にまとめられていて、真っ赤な瞳が印象深い。

高慢な主人とは違い生真面目な性格で、俺に対する言葉遣いも丁寧だった。

「まあ、アリンがそう言うなら。ウェンディはよくできた侍女を持って幸せだな」

「アリンが優秀なのは当たり前だけれど、その言い方は気に入らないわね……。まあいいわ、わたくしに触れられる幸運を噛み締めなさい」

「相変わらず不遜な態度だな。まあ、すぐに素直にさせてやるよ」

俺は腰を上げるとウェンディのもとに移動し、さっと肩へ手を回す。

そして、躊躇なく唇を奪った。

「んうっ!? ……はっ、ちゅ……この、いきなりっ！」

ウェンディは俺の奇襲に一瞬だけ目を見開いたが、すぐ気を取り直して鋭い視線を向けていた。

「乱暴に口づけをするなんて、作法がなっていないわね！」

「俺は町の商店の次男坊だから、お貴族様向けの礼儀なんてしらないんだよ。ほら、もっとこっちに寄れよ」

「このっ……んっ、はぶっ、ちゅぱっ！ んく、れろっ……」

文句を言うウェンディの顎を持ち、自分のほうへ引き寄せるとさらにキスを続ける。

彼女は相変わらず睨んでくるけれど、口は開いて俺の舌を受け入れていた。

心はまだ堕ちていなくても、体は俺の教え込んだ快楽を忘れられない。

ウェンディもそれは分かっているのか、少しだけ悔しそうにしている。

それに、俺にされるがままで黙っている女じゃない。すぐ向こうからも舌を絡めさせてきた。

「んるっ、じゅるぅっ！　んく、はぁっ……夫でもない相手とこんなにはしたない口づけをしているなんて……」

「もう何十回としているくせに、いまだに気にしているのか？」

俺がからかうように言うと、彼女は気に入らないのか顔を逸らした。

「ふん、変態に付き合ってあげているだけよ。相応の対価は貰うもの」

「口が減らないお嬢様だ」

そう言いつつも、俺は彼女の反応を楽しんでいた。

ウェンディは因縁のある相手だけれど、こうして女として接するような場合には好ましい。

自分が力をつけてきたからか、相手を屈服させることに喜びを感じるようになっていた。

何度快楽を味わわせても心折れず、俺を睨みつけてくる彼女の相手をするのは楽しいものだ。

「見てろ、文句を言う余裕もなくさせてやる」

俺は唇を開放すると、今度は胸に目を向けた。

大きく育った真っ白な乳房は魅力的で、思わず吸いつきたくなる。

今は、その欲求に素直に従うことにした。

「あ、くぅっ……んあっ！　ひゃう、胸までっ……やっ、ひあぁぁぁっ！」

突き出した舌で乳首を刺激すると、ウェンディが背筋を震わせる。

性感帯を刺激されて、快感を味わっている証拠だ。

「強気な態度のくせに、体は本当に敏感だよな」

「あ、あなたがそうしたんでしょうっ！」

快楽に耐えるように歯を噛み締めながら言うウェンディ。

まだまだ抵抗する気はあるようだけれど、少しずつ確実に気持ちよくなっていっているようだ。

俺はその反応を楽しみつつ、もう片方の手をアリンのほうへ伸ばす。

「ん、れろっ……アリンもこっちに来てくれ」

「はい、ご奉仕いたしましょうか？」

「頼むよ」

「では、失礼いたします。……ん、ちゅっ」

彼女は俺に体を押しつけながら、耳元へキスしてきた。

加えて両手も動き、それぞれ俺の体を撫でる。

片手は背中に。そして、もう片手は股間へ延びた。

「……くっ！」

「ジョシュア様のここ、もう大きくなられていますね。お嬢様の体はとても魅力的ですから、無理もありません」

「確かに、体だけだと超一級品だよ。これで性格まで良かったら国を傾けそうだ」

「性格のことはジョシュアに言われたく……あうっ!?　また舌がっ、ひっ……んひゃうぅぅっ！」

ゾクゾクっと背筋を震わせ、嬌声を上げながらも快感に耐えるウェンディ。

ただ、刺激を受け続けた乳首はこれ以上ないほど硬くなっていた。

「ふふ、胸もいやらしくなってきたな。どんどんエロくなっていくのがたまらないよ」

口ではああだこうだと言いつつも、体はしっかり俺の愛撫で感じている。

しかもただでさえ素晴らしい肢体が、よりエロく発情していくんだからたまらない。

俺は乳房からいったん口を離すと、もう片方にも襲い掛かる。

「ジョシュア様、またぴくっとしましたね。私のほうもご奉仕させていただきます」

仕える主があられもない姿を晒しているのも気にせず、アリンは奉仕を続けた。

ウェンディで興奮した俺の性感をより熱くしていくように、手を動かして肉棒をしごく。

「ジョシュア様、いかがですか？」

「アリンはご奉仕が上手いね」

こちらの反応を見て的確に、しごく速さや力の入れ具合を調節してくる。

指の動きもなめらかで、自分でするより何倍も気持ちいい。

「ありがとうございます。相手の反応を分析するのは得意ですので」

「……ああ、なるほど」

高慢で気難しいウェンディの侍女を何年もやってきているんだから、納得だ。

並みの人間じゃ、すぐ彼女の機嫌を損ねてしまうだろうから。

「はうっ、はぁっ……！　ま、またわたくしのことで何か話しているの？」

胸への愛撫が続き、すでに息を荒くしているウェンディ。

さっきより快感が体に回って、だんだん興奮を抑えきれなくなっているらしい。

「ウェンディの声は今は、嬌声だけで十分なんだけどな」

「な、なんですって!?　このっ……ひゃぐっ！　ひっ、きゃあぁっ！」

また何か言おうとした彼女の胸を、俺は正面から鷲掴みにした。

舌による愛撫で感度が高まっていたからか、強い刺激で甲高い嬌声が上がる。

「やめっ……はうっ、ひんっ！　ふわっ、はふぅっ！」

「ああ、そっちのほうが可愛いぞ」

ウェンディは、全身に流れ込んでくる快感に身を震わせている。

すでに、俺が体を支えていないとベッドに倒れてしまいそうだ。

「こ、このっ……く、うぅ……」

なんとか俺を睨み返しているけれど、口を開く余裕はないらしい。

彼女が徐々に快楽に犯されていくのを見ると胸が高まる。

さて次はどうしてやろうかと思っていたとき、ふと脇腹をつつかれた。

「うん？　ああ、ローナか」

控えめに自己主張してきたのは、他のふたりと違って可愛らしいという言葉が似合う少女だった。

肩口まで伸びた桃色の癖毛に、髪の毛より少し深いピンクの瞳。

ちょっとオドオドしていて、その雰囲気にふさわしく体は小柄だ。

もっとも、出るところは出ているので十分以上に魅力的だが。

「そういえば、今までは大人しくしていたな」

「それは、おふたりが張り切っていたので……」

ローナが申し訳なさそうな表情でこちらに言う。

「気にしなくていいのに」

どうやら遠慮しているらしい。

まあ傍から見たら、ウェンディと俺が何か言い合っているようにも見えたかもしれないな。

「とはいえ、もう大丈夫だ。今度はローナのほうも可愛がってやるか」

「……は、はい。よろしくお願いします」

俺の言葉にローナは頬を赤く染めて頷いた。

彼女は俺と同じ平民であり、ウェンディのパーティーにスカウトされた経緯も同じだ。

ただ、在学中から魔法使いとして頭角を現していた彼女は紛れもない天才だ。

真に優秀な魔法使いにしか習得できないというスキルまで所持している。

もう少し積極性があると完璧だと思うけれど、それは贅沢か。

「じゃあ、さっそく触れさせてもらおうかな」

俺は右手を動かすと、彼女の腰を抱いて近くまで引き寄せる。

そして、そのままさらに手を動かすと股間に差し向けた。

「あ、ああっ……そこはっ！」

指が秘部に近づくにつれ、ローナの体が硬くなってしまう。

「緊張しているのか？　すぐにトロトロにさせてあげよう」

安心させるように笑いかけると、いよいよ秘部に手をかけた。

「ひっ……あっ、きゃあっ！　ひふっ！」

指先が秘部に触れた瞬間、ローナの緊張が頂点に達した。

全身がビクビクっと震え、顎が持ち上がってしまう。

「おいおい、ずいぶん敏感になってないか？　さては、俺たちのことを見て興奮していたな」

秘部に触れた指先は、すでに湿り気を感じていた。

控えめというか小心者のローナが、この場で自分を慰めていたとは思えない。

となると、雰囲気にあてられて自然と体が準備を始めてしまっていたんだろう。

頬を赤くして荒く息を吐く彼女を見て、俺は笑みを浮かべる。

「最近はウェンディもかなりエロくなってきたと思ったけど、ローナはそれ以上だったか」

「そ、そんなことないですっ！」

「本当か？　何もしていないのに、見ているだけで濡らしているムッツリなのに」

問い詰めるように言いながら、俺は積極的に愛撫を重ねる。

秘裂に沿うように指を動かし、膣内へも指先を挿入したりと徐々に刺激を強くした。

ローナが愛撫の虜になるように、興奮を高めていく。

「えっ、ひゃあっ！　だめっ、動かさないでくださいっ！　それっ、やぁっ！　ひぃんっ！」

「おお、たっぷりと溢(あふ)れてきたぞ」

刺激の仕方が気に入ったのか、秘部はますます濡れていった。

愛液が垂れてきて、俺の指先がコーティングされてしまう。

「ほら、こんなに濡れてる」

「あぅ……お、お願いしますから見せないでくださいっ」

俺が指を持ち上げて見せつけると、彼女は顔を真っ赤にして、手で顔を覆ってしまった。

俺としては楽しい光景だったけれど、キス奉仕を続けていたアリンから釘を刺されてしまう。

「ジョシュア様、さすがにローナさんをいじめすぎでは？」

「ふむ……まあ、アリンがそう言うのなら」

彼女の言葉に渋々頷く。やりすぎて泣かれてしまってもよくないか。

「じゃあ、代わりにアリンにも付き合ってもらおうかな」

「はい、お望みとあらば喜んで」

彼女は自然な笑みを浮かべると、少し体を離して俺が触りやすいよう股を開く。

俺はそこへ、躊躇なく左手を滑り込ませた。

「んっ……」

「おや、アリンも少し濡れていないか？」

「ご奉仕している間に、少々気分が盛り上がってしまいました」

一瞬声を詰まらせたものの、すぐいつもの彼女に戻って受け答えする。

まだこっちは、乱れるには足りないようだ。

「まあいいか、今日のメインは違うからな」

正面に目を向けると、胸元への愛撫ですっかり体が出来上がってしまっているウェンディが見える。両手を左右のふたりへの愛撫へ使ってしまい、支えを失った彼女はベッドに倒れていた。

「ウェンディ、立てるか？」

「で、出来るわけないでしょう！　さんざん好き勝手してくれて、力が入らないわ……」

「そうか、ならこのままいただくとしよう」

「えっ？　……ちょ、ちょっと！　きゃあっ！」

俺は少しの間だけふたりから手を離し、ウェンディの腰を両手で掴むと手前に引っ張る。

目の前に来た秘部に向けて、アリンの愛撫で硬くなった肉棒を突きつけた。

「ちょっと、ジョシュアあなたっ！」

「言っておくが待てないぞ。そらっ！」

「うそっ、ほんとに入ってくるっ！　ひぐっ、あああぁぁっ!!」

ここまできて待つ男なんているものか。

俺は一気に腰を前に突き出し、肉棒をウェンディの膣内へ埋めていく。

「くっ、これは……」

ただ、挿入が進むにつれて今度は俺のほうが顔を険しくしてしまう。

愛撫で高まったウェンディの中の具合が、予想以上に良かったからだ。発達した肉ヒダが絡みついてきて、少し動かすだけで何枚もの舌に舐められているような気分になる。

「すごい気持ちよさだ。でもっ！」

俺は快感を堪えて、より強く腰を動かした。

グチュっと卑猥な水音がして、肉棒が深く挿入されていく。

「あうっ、やぁっ！　だめって、言ってるのに……はぐぅ！」

ウェンディのほうも、強い刺激でいっぱいいっぱいになっているようだ。

特に肉棒が最奥に到達すると、その刺激に全身を震わせる。

手足にも力が入っていないのか、ベッドに投げ出していた。

「まだへばるなよウェンディ。これからもっと気持ちよくしてやるからな」

「ま、待ちなさい！　気遣いってものがないの!?」

「ウェンディに対するものは、生憎と持ち合わせてないんだな」

そう言って笑うと、俺は大きく腰を動かし始める。

「あうっ、きゃううっ！　ほんとに激しっ……ひぃ、きゅふっ！」

肉棒を奥まで突き込んで、子宮口に先端を押しつける。

大事な子袋を刺激された膣内は、肉棒を締めつけて射精させようとしてきた。

「く、ふぅっ……」

ほとんど無意識だろう締めつけは、こっちの弱いところを正確に刺激してきた。

特に腰を引くときには何重にも肉ヒダが絡みついてきて、蕩けそうな快感が生まれる。

尻に力を入れておかないと、向こうの狙いどおり射精してしまいそうだ。

「そんなに欲しがっても、すぐにはやらないぞ？」

「別にっ……欲しくなんか、ないのだけどっ！　はうっ！　はぁはぁっ！」

中の奥深くまで肉棒を突き立てられながらも、まだなんとか平静を装っているウェンディ。

最初のころはすぐギブアップしていたと思うけれど、最近はだいぶ慣れてきていた。

ただ、気持ちよくなっているのは間違いない。

膣内の濡れ具合はもちろん、呼吸も徐々に荒くなっていっている。

興奮で全身が熱くなって、しっとり汗もかいているようだ。

「その強気がいつまで続くかな？　まあ、俺はこうしているだけでも十分楽しんでるが」

腰を突き動かすと、その度に真っ白な乳房も揺れる。

先ほどまで好き勝手に愛撫していた巨乳が淫らな姿を見せていることに、俺も興奮が強まった。

「それに、アリンやローナだっているしな」

俺は腰を動かしながらも、両手に抱える美女たちにも目を向けた。

「どうか、私のことは手慰みに弄んでくださいませ」

「あ、あんまり乱暴にされるのは、ローナも嫌なのですが……」

そう言いつつも、ふたりとも俺のほうへ体を押しつけてくる。

当然、露（あらわ）になっている胸の感触は特に気持ちいい。

アリンは三人の中で一番の巨乳だし、ローナも小柄な割に発育が良い。

どちらも一緒に押しつけられると、思わず体から力が抜けてしまいそうだ。

俺はその感触を楽しみながら、さらにウェンディを犯す。

「ほら、もっと激しくするぞ！」

「そんな、まだっ……あぐっ、はひゅぅっ！　わたくしの体がっ……あぁぁぁっ！」

彼女は次々と襲いくる快感に対処出来ていないようだ。

ギュッと歯を噛み締めながら、どうにか無様な声だけは出さないよう堪えている。

それでも耐えきれず嬌声を漏らしてしまっているあたり、限界なようだけれど。

「ウェンディ、我慢しなくていいんだぞ？」

「な、なにがっ……」

強がりを見せる彼女に優しく声をかける。

「気持ちいいのを抑え込もうと我慢しているだろう」

「そんなのっ……わたくしの勝手よ！」

「確かにそうだけど、俺はもっとお前の喘ぎ声も聴きたいしな」

「この、変態っ！　くっ……ふぐっ、はふぅっ！　きゃっ！」

ウェンディは、すぐこちらをにらみ返してくる。

けれど、腰の動きを強くしてやると、その表情も崩れた。

快感が全身に染み渡って、興奮が怒りを上塗りしていく。

「わざと怒って気を紛らわそうとしてるのか？　まったく無駄だと思うぞ」

「はぁ、はぁっ……これは、本心からよ！」

「ふふ、まあ俺はたっぷり楽しませてもらっているから、どちらでも構わないけどな」

無様な姿を見せまいと頑張るウェンディに、快感を与えて蕩けさせていく。

なかなか背徳感のある行為だけど、相手がウェンディだからか罪悪感はない。

彼女が淫らになっていくたび、俺の興奮もどんどん強くなっていく。

「ふぅ、くっ！　ウェンディの体もだいぶ高まってきたんじゃないか？　中が俺のものに絡みついて離れないぞ！」

興奮が強くなるにしたがって、肉体の動きも活発になったんだろう。

特に腰を引く動きのときに、肉ヒダが絡みついてきてゾクゾクするほどの快感が生まれる。

「ジ、ジョシュアなんかにっ……ひっ、きゃふっ……ひぃぃぃんっ！」

「ほら、声も我慢出来てないじゃないか！」

寝室に甲高い悲鳴が響く。

その声に俺は嬉しくなって、限界までピストンを激しくしていった。

「んぐっ、きゃひぅっ!!　少しは手加減しなさいよっ……うぁっ！」

「お嬢様、そんなことをおっしゃっても、体が悦んでいるのは隠せていませんよ？」

激しい快感に身もだえするウェンディへ、アリンが声をかけた。

彼女は俺への奉仕を続けながら、主人へ優し気な笑みを向けている。

「ここは、お嬢様が自分をさらけ出してもよい場所ですから」

「そんなことっ……くひゅっ！　アリン！　貴女メイドなんだから主人を助けな……あひぅぅっ!!」

少し生意気な口ぶりに戻ったウェンディへと、強めに肉棒を打ち込んでやると、すぐに情けない嬌声が上がる。このお嬢様を調教し始めてしばらく経つが、なかなか芯が強いので弄り甲斐がある。

まったく、最後まで楽しませてくれそうだな！

「ジョシュア様、お嬢様をいじめるのもよいですが、ほどほどになさってくださいね。私たちもご奉仕いたしますので」

先ほどまで主人と話していたクールな美人メイドが、今度は俺に進言してくる。

確かに彼女の前では、あまりウェンディをいじめ過ぎることもできない。

「分かったよ。でも、その代わりアリンの体で楽しませてもらおうかな」

抱きついてきた彼女の腰に手を回し、スカートの下に手を忍ばせて愛撫する。

「んっ、くっ……」

「さっきより一段と濡れてるじゃないか。主人の艶姿で興奮したのか？　変態メイドだなぁ。ローナもそう思うだろう？」

俺は反応のいいアリンの体を楽しみながら、反対側にいる気弱な少女へ話しかけた。

「そ、それはっ……んんっ、やぁっ！　ゆび、もっと奥まで入ってきちゃうっ、ひゃぁっ！」

「おいおい、何言ってるかわからないぞ」

「ジョシュアさんがっ、指を動かすからですっ！　やっ、また……はひっ、くひぃぃぃぃ！」

彼女へ挿入していた指の動きを強くし、膣内を擦り上げる。

すると、ローナは俺へ強く抱きつきながら快感に耐えようとしていた。

ウェンディとは違ってこういう素直なところはローナの可愛いところだな。

「ああ、いい気分だぞ三人とも。こんなに贅沢な夜を過ごせてたまらない！」

左右のふたりは次第に興奮で体を支えられなくなって俺に寄りかかり、されるがままだ。

犯しているウェンディもいよいよ我慢できなくなり、大きな嬌声を上げている。

「ひぃ、あぁぁっ……！　これ、本当にだめなのっ！　もう我慢がっ……ひぃぃっ！　奥、突かれるの熱いっ！　気持ちいいのがきて、体が蕩けてしまうのっ!!」

「ああ、そうだ。それでいい！　気持ちよくなっている姿を見せてくれ！」

俺はそう声を上げながら、ラストスパートに入った。

三人の美女に囲まれながらの至福の時間は、まさにピークを迎えている。

激しい興奮は今にもあふれ出しそうで、いよいよ抑えきれない。

「はぁ、はぁっ……！　ジョシュア様、もうっ！」

「ローナはもう限界ですっ！　くる、きちゃうっ！」

ふたりが体を寄せるようにしながら、火照った表情で見つめてくる。

それと同時に、肉棒もキュンキュンと遠慮のない締めつけで刺激を受けた。

「ウェンディっ！」

「わ、わたくしだけなんて認めないわ！　あなたもイかせてあげるっ！」

「このっ……うおっ!?　中が、さっきより気持ちよく……っ!!」

その刺激で俺も自分を抑えきれなくなってしまう。

はち切れそうな欲望を、俺は目の前の少女へぶつけた。

「ウェンディ！　中で出してやるからなっ！」

「ひっ!?　ひゃっ、だめっ、奥ばっかりっ……イクッ、イクッ、あぐうううぅぅぅううっ!!」

次の瞬間、ウェンディが絶頂した。

波が引くようにぞわぞわっと全身を震わせ、間髪入れずに快楽の波が押し寄せる。

「だめっ！　やっ、こんなのっ……無理っ……ぁあああっ!!」

背筋を反らしながら、大きく口を開けて声を上げるウェンディ。

膣内も収縮して、精液を搾り取ろうとしてくる。

「ぐぅっ……!!」

俺はその要求に応えるように、肉棒を奥に突き込んで射精した。

「ひぃぃっ!?　くるっ、熱いのがきて、またぁっ！　イクッ、ひゃあああああぁぁぁぁっ!!」

膣内射精を受けて、彼女はその熱に再び絶頂する。

それと同時に、俺はアリンとローナにもトドメをさした。

「はうっ、くうぅぅっ！　わ、わたしも一緒にっ、イキますっ！　イッ……ひゃあああぁぁあっ!!」

「だめっ、だめぇっ！　気持ちよすぎて頭がおかしくなっちゃいますっ！　あひいいぃぃいいぃっ!!」

ふたりともため込んでいた興奮を吐き出し、一緒に体を震わせる。

彼女たちの乱れた姿を見ながら俺自身も快楽を味わって、とても贅沢な気分だ。

そのまままたっぷり、今の幸せな気分を楽しませてもらうことにする。

「くっ、はぁはぁ……ううっ、もうだめ……」

絶頂から少し経つと体の自由も効くようになったのか、ウェンディが身じろぎする。

その拍子に肉棒がズルっと抜けて、刺激で彼女の腰が小さく震えた。

「ひぅっ……はひ、はぁっ……もう、お腹の中がいっぱいよ……」

まだ絶頂の余韻が残っているのかあまり力が入っていなそうだ。恨めしそうな視線を向けてくる。

そんな目を向けられると、また嗜虐心が湧いてしまいそうになるけれど……。

「なに……もしかして、まだするつもり？」

「いや、止めとこう。またダンジョンに潜るんだし、体調は整えておかないといけないだろう」

「手ひどく犯したあなたに言われたくはないけど、そのとおりだわ」

ウェンディはそうつぶやくと、改めて体から力を抜く。

俺も一息ついてベッドに腰を下ろすと、アリンたちも横になった。

まだ少し息が荒いけれど、大丈夫だろう。

「さて、俺も寝るとするか。夜はどうも目が冴えてしまうけど、程よく疲れているし」

汚してしまった場所を避けて横になると、ちょうどウェンディの隣になる。

彼女の美しい横顔を見ながら、俺はどうしてこんなことになってしまったんだろうなあ、と過去を思い返すのだった。

第一章　わがままお嬢様の道連れ

東エルドトス王国・王立魔法学園。今日はその卒業式だった。

この魔法学園は、王国中から魔法使いの卵たちが集まり学ぶ場所。

王族の嫡子から辺境農家の末っ子まで、魔力を持ち魔法を使える才能ある者ならだれでも受け入れる。その代わり授業や試験は厳しく、無事卒業して国から正式な魔法使いとして認められる数は少ない。入学した人間の内、三割が無事に卒業できるかどうかというところ。

特に今年の卒業生は少なく、一クラス分の三十名に満たなかった。

ただ逆に、学園を卒業さえ出来れば魔法使いとして箔がつくだけでなく、王国民として様々な権利も与えられるなど、利も多い。

「俺はやったぞ。無事、卒業してやったんだ！」

式が終わり、講堂から出てきたところで思わず両手を天に掲げた。

俺の名前は、ジョシュア。

ノイマン伯爵領の町にあるしがない商店の次男坊で、たまたま魔力に恵まれたおかげで魔法学園に入学できたが、はっきり言って才能はなかった。

それでも、俺は実家に帰ったところでもう居場所がない。

商売の才能が壊滅的で、仕事を手伝うほどに損失を出し、ほとんど追い出されるように学園へ送り込まれたからだ。なので、なんとしてでも学園を卒業して身分を手に入れなければならなかった。

　この時代、伝手や能力がなければ一生を苦労して生きていくことになる。

　死に物狂いで机にかじりつき、体が弱く赤点スレスレだった実技を常に座学でカバーし続けたのだ。その苦労が報われ、いま俺の胸元には学園卒業の証であるバッジが輝いていた。

「学園の卒業者なら就職先に困らないだろう。ふふ、どんな職場がいいかな？」

　王都の役所はもちろん、国立図書館の司書なんかもいい。

　王立魔法研究所の研究員というのも魅力的だ。

「……あるいは、冒険者パーティーに参加してダンジョン攻略というのもいいかもしれないな。一攫千金も夢じゃない」

　ダンジョンというのは、遥か太古から各地に存在する、尋常でない地下迷宮のことだ。

　世界中に存在し、内部に凶悪なモンスターと財宝を抱えている。

　ダンジョン内には金銀財宝や貴重な素材を収めた宝箱が尽きることなく現れ、人類の発展に貢献してきた。しかし、同時にダンジョン内を徘徊するモンスターも強力で、外に出れば国を亡ぼすほどの怪物もいるらしい。

　冒険者たちは富を求めてダンジョンに入るが、モンスターが外にあふれ出さないよう間引きする役目も課せられている。

　各地のダンジョンには、一攫千金を夢見た若者から名誉を求める騎士団まで、様々な冒険者で溢れているとか。

「俺はそれほど魔力量が多くないから攻撃魔法は苦手だけれど、解毒や解呪の魔法は得意だ。まずは小規模なダンジョンで冒険者として経験を積んで、俺の能力を必要としてくれるパーティーを探すのがよいかもしれない」

俺は、というか俺の一族は昔から体が弱い。

肌は色白で生気も薄く、普通にしていても具合が悪いのかと聞かれてしまうほど。

子供のころはいつも周りに置いてけぼりを食らい、悔しい思いをしたことは数えきれない。

けれど、今は学園で学んだ魔法の力と知識がある。これを使えば屈強な戦士や騎士と肩を並べて活躍することも夢ではないと思うと、不思議と胸が熱くなった。

「うん、そうだな。少しくらい夢を追ってみるのも悪くない」

俺はこれからの進路を決め、ひとりでウキウキと心を弾ませていた。

最初に向かうダンジョンはどこにしようか？

東の森にある『小鬼のダンジョン』か、あるいは南の鉱山にある『粘体のダンジョン』か。

比較的小規模でダンジョン初心者向けとなれば、そのどちらかだろう。

しかし、そんな悩みはすぐ消え去ることになった。

「あなた、たしかウチの出身だったわね。ちょうどいいわ、これからわたくしのパーティーに入って『死徒のダンジョン』を攻略するのよ！」

とりあえず腹を満たそうと学食でご飯を食べていると、唐突に声をかけられた。

声の主はよく知っている。一方的にだけれど。

ウェンディ・ノイマン伯爵令嬢。

東エルドトス王国でも武門として有名な、ノイマン伯爵家の四女だ。

その出自もさることながら、彼女は悪い意味で貴族らしい傍若無人な態度で有名だった。

欲しいものがあれば、金にものを言わせて強引に買い取る。

気に入らない相手がいれば、伯爵家の権威で黙らせ、最悪の場合は退学まで追い込む。

実技の練習試合では他の生徒が魔法一本で競い合う中、自分は持ち込んだレイピアの剣術と魔法を合わせた接近戦で連戦連勝。もはや学園内に彼女に敵う者はおらず、女王として君臨していた。

そして、そんな彼女に目を付けられてしまった俺は混乱してしまう。

「あ、あの、どういうことでしょうか？」

「どうもこうもないわ。わたくしはこれから故郷のノイマン伯爵領にある『死徒のダンジョン』を攻略するの」

「は、はあ」

「それに光栄にも同行させてやろうということよ。伏して喜びなさい！」

「……ちょっと待ってください、『死徒のダンジョン』と言いましたか!?」

各地にあるダンジョンにも攻略の難易度というものがある。

先に挙げた『小鬼のダンジョン』や『粘体のダンジョン』は宝が少ない代わりにモンスターも弱く、比較的難易度は低い。

しかし、『死徒のダンジョン』は王国内に数多あるダンジョンの中でも難易度が高い分類に入る。

過去一度もダンジョンの最奥に潜むボスが倒されたことがなく、今だ未踏破なのもその象徴だ。

「そんな、俺は御免……」

「あら、わたくしの声かけを拒否するのかしら。そんなこと、出来ると思っているの？」

ウェンディが尊大な笑みを浮かべると、後ろに控えていた侍女の女性が何かメモを差し出す。

「名前はジョシュア。サラフィの町に商店を構える一家の次男坊。ふん、一息ね」

何でもないようなその言葉に俺は恐怖した。

俺が断れば、実家に危害を加えるかもしれないというのだ。

実際、学園ではウェンディに対立した貴族の子弟が退学する事態も起きている。

脅すための冗談とはとても思えなかった。

「……わかりました、一緒に行けばいいんですね？」

俺は声が震えそうになるのを抑えながらなんとか頷く。

商売の邪魔になると追い出された身だけれど、両親や兄が路頭に迷うのは見たくない。

「すぐに出発するわ。荷物を纏めて正門前に集合なさい！」

そう言うと、ウェンディは満足そうに食堂を後にする。

「おい、聞いたか？　あのウェンディがダンジョンへ挑むんだと」

「最近は実家と不仲という話も聞くし、冒険者として名を上げて見返したいんじゃないかしら？」

「にしても、卒業式の日にウェンディに目を付けられるとは不幸なやつだ」

遠巻きに様子を見ていた生徒たちは同情の視線を向けてくるけれど、助けてはくれない。そうするのが賢いと、よく知っているのだ。

ウェンディとは関わり合いにならないに越したことはない。

「しかし……はぁ、なんてこった……」

ダンジョンへ行く気はあったけれど、まさか『死徒のダンジョン』とは！

しかも、あのウェンディと一緒という悪夢みたいな状況だ。

どうすれば生きて帰れるか、必死に考えなければならない。

「あの……」

そんなとき、横から声がかけられた。どうやらウェンディの影になっていて見えなかったけれど、侍女の他に、もうひとりお供がいたらしい。

「君は……確か、ローナさん？」

俺に声をかけてきたのは桃色の髪をした小柄な少女だった。

彼女はウェンディとは違う意味で学園内で有名だ。

入学して最初の授業から魔法使いとしての才覚を表し、成績は座学・実技共にトップクラス。

能力を示すレベルも高く、何よりも、真に優秀な魔法使いしか身に着けられないというスキル『二重詠唱』を習得している。

これは、基本的には一度に一つしか使用できないはずの魔法を、二つ同時に使用できるようにするスキルだ。本人の実力の高さも相まって、ローナさんは並の魔法使い三人分の攻撃力を有すると言われている。得意な魔法は、雷属性だとか。

「もしかして、君も？」

「はい、ローナもウェンディ様に捕まってしまって……ううっ……」

元々プレッシャーに強い性格ではないのか、今にも泣きそうな表情になっている。

「気持ちは分かるよ、お互い不幸だったな」

彼女のことは天才少女ということで、以前は妬んだこともあった。

自分が苦労してレベルを一つ上げる内に。彼女は三つも四つもレベルアップしてしまう。

しかし、こうして同じ境遇になってみると、彼女もウェンディの暴威に抗えない気弱な少女だと理解できた。

「幸いウェンディもローナさんも腕は一流だ。早いうちに、何とかダンジョン攻略を諦めさせる方法を探そう」

「は、はい。あと、ローナと呼んでもらって大丈夫です。ジョシュアさんのほうが、年上みたいですし」

「そっか、じゃあそうさせてもらおう」

絶望的な状況だけれど、共に慰めあう仲間が出来たのは幸いだった。俺たちはその後、ウェンディの用意した馬車に乗って『死徒のダンジョン』があるシュタインの町へ向かうことに。

ウェンディが乗っているおかげで、同中の関所なんかもスルスルと通過できる。

そして、数日もすると目的のシュタインの町へ到着した。

侍女の……アリンさんとか言ったかな。彼女が宿の手配をしてくるそうで、俺たちはウェンディに連れられて冒険者組合へ向かう。

冒険者組合はダンジョンのある場所にかならず存在し、冒険者たちの身元の保証や各種支援を行っている。とはいえ、その土地の影響がまったくないということもなく、伯爵令嬢のウェンディが訪ねるとすぐ応接室に通された。

彼女が一通り事情を説明すると、ここの支部長だという中年の男性が難しい顔になる。

「……では、ウェンディ様は冒険者登録をされて『死徒のダンジョン』に挑まれると？」

「ええ、そうよ。わたくしの剣と、あと少しの手伝いさえあれば、どんなモンスターも敵ではないわ！」

支部長の問いかけに自信満々に答えるウェンディ。

確かに彼女の強さは学園では圧倒的で、実技授業の教師も一目置いていたほどだ。

しかし、素人の俺でも練習場での試合とダンジョンでの戦いは危険度が違うのではないかと思う。

それなのに、本人にまったく気にした様子がないのは問題だ。

「失礼ですが、ご実家……ノイマン伯爵様はこのことをご存じで？」

「むっ……わたくしが何かするのに、いちいちお父様の許可が必要だというの!?」

実家に関することは禁句だったようで、ウェンディが怒りだす。

「そもそもわたくしは、実家での暮らしが気に入らないから学園にきたのよ！　質実剛健といえば聞こえはよいかもしれないけれど、せっかく伯爵の位をいただいているのに宝の持ち腐れだわ！」

どうやらウェンディは、実家の暮らしが肌に合わず自分の好き勝手にしたいらしい。

ダンジョンを攻略しようと考えたのは、資金集めと実績を上げるためか。

高名な冒険者はその強さと名声、手にした富によって高位貴族並の発言力を持つ。

実家から文句を言われても、跳ねのけられるようになりたいという気持ちがあるんだろう。

それに巻き込まれる俺たちからすれば、冗談ではないが。

「ともかく、わたくしはすぐダンジョンの攻略に取り掛かるわ。必要なものを準備なさい！」

意思を曲げぬウェンディに支部長も逆らえず、迅速に冒険者登録が行われる。

そして、翌日にはさっそくダンジョンへ潜ることになるのだった。

●　●

アリンさんの手配してくれた宿は思ったより上等で、ゆっくり休むことができた。

とはいえ、これから向かうのが凶悪なダンジョンなのだから気分は上向かない。

ローナもそれは同じようで、俺の隣で不安そうにモジモジしている。

「大丈夫か？」

「だ、大丈夫じゃないです。ダンジョンなんて初めてで……」

「俺もそうだよ。けど、何とかやるしかないな」

そんな俺たちの一方で、ウェンディはやる気満々だった。

その後ろにはアリンさんが静かに付き従っている。

「まずは小手調べといこうかしら。そうね、十階層くらいはクリアしておきたいわ」

「お嬢様、初日は五階層程度に抑えておくべきかと思います。その辺りならば、私もお嬢様の身を確実にお守りできますので」

「アリン、わたくしは冒険者になるのよ！　気弱な考えは要らないわ！」

「は、はい……」

侍女の進言も一蹴している。というか、アリンさんも戦えるのか？

まったくわからなかったけれど、そうなるとこのパーティーの中で一番弱いのは俺なんじゃないだろうか。ますます不安になってしまいそうになりつつ、なんとか気合を入れて気持ちを奮い立たせる。

「よ、よし！　怯えていたら些細な事態にも対処できなくなってしまうしな」

何はともあれ、ダンジョン攻略がいよいよ開始された。

先頭にはウェンディが自ら立ち、どんどん前へ進んでいく。

「さあ、行くわ！　『死徒のダンジョン』初攻略の栄誉はわたくしのものよ！」

意気揚々としつつも、ウェンディはいつでも戦えるよう周囲を警戒しているように見える。

ダンジョン攻略の動機は不純かもしれないけれど、能力は俺よりずっとあるのは確かだ。

冒険者登録を行う際、水晶のような魔法の道具で能力を確かめることがある。

身体能力はもちろん、魔力量や武器を使う熟練度、特殊なスキルなども考慮してレベルに変換できるという優れものだ。

特に評価されるのはダンジョン攻略の能力で、素の力が弱くとも攻略にあたって有益な能力を持っていたりすると補正がかかる。

ダンジョンについてよく知り、経験していけばそれだけでも自然とレベルが上がっていくようだ。

一般的な新人冒険者はレベルが十ほどだが、ウェンディの場合は三十五だった。

これはすでに中堅の域に手がかかるほどで、計測をした支部長も驚いていた。

武門のノイマン伯爵家に生まれ、幼いころから武術の教育を受けていたことや、魔法を学んで独自の戦い方を身に着けていることが高く評価されたらしい。

ローナも同じように計測され、こちらは二十八と、これまた高い数値を出した。

やはり高い魔力量を誇り、『二重詠唱』を始めとして魔法関係に優れた能力が評価されたんだろう。

そして、意外なことにパーティーの内で最も数値が高かったのがアリンさんだ。そのレベルは、なんと四十。立派に中堅冒険者と言ってよいレベルで、ダンジョン攻略経験のない人間としてはトップクラスに高いとか。

どうやらアリンさんは単なる侍女ではなく、手練れの護衛でもあったらしい。

そして、俺はというと……たったの九だ。新人冒険者のレベルにも達していない。

どうやら、俺が学園で頭の中に詰め込んだ知識は、ダンジョン攻略にあまり役に立たないと判断されたようだ。

身体能力も普通の人間より低いから、マイナス補正がかかったのかもしれない。

冒険者にはもぐりの魔法使いが多く、彼らよりは正しく魔法を使えると自負していただけに、これはすごくショックだった。

ウェンディも俺のレベルを見て呆れたような顔をしていた。

けれどそれでも、仮にも栄えある魔法学園の卒業生なのだから、何かしら役に立つだろうと同行を命じられてしまった。

ただその後で俺は、この時点でレベルの低さを理由にして、無理にでもパーティーから離脱しておけばよかったと、激しく後悔することになった。

ダンジョンに潜って三時間ほど経ったけれど、攻略は思いのほか順調だった。

やはり、俺以外のメンバーの地力が高いおかげだろう。

主に戦っているのは、ウェンディとローナだ。

彼女たちは、最初こそゾンビやスケルトンといったモンスターを相手におっかなびっくり戦っていたけれど、自分たちの魔法が効くと理解してからは、積極的に倒すようになっていった。

ウェンディが炎を纏わせたレイピアでゾンビを貫き、ローナの雷の矢がスケルトンをバラバラにする。

魔法使いとして優秀なふたりにとっては、動きの鈍いアンデッドは良い的のようだ。

ダンジョンの一階層、二階層と次々と攻略していき、今は五階層を攻略しているところだ。

ここでもふたりの魔法は襲い掛かってくるモンスターを次々に倒していったけれど、やがて進撃が停まってしまう。どうやら魔力が尽きてきたらしい。

「むぅ、少し遠慮なく使いすぎたわね。しばらく休んで魔力を回復させないと」

「はぁ、はぁ、ふぅっ……ロ、ローナも休ませてください……」

剣士としての能力も高いウェンディと違い、ローナは並の町娘くらいの体力しかなく、肉体的にも辛そうだ。

「お嬢様、今日はこのくらいにしてはいかがでしょうか？」

ここですかさず、アリンさんが攻略の中断を進言する。

しかし、ウェンディは首を横に振った。

「冗談じゃないわ、ここからよ！　魔力さえ回復すればもっと攻略を進められるもの！」

彼女はそう言うと、ローナを連れて後方に下がった。

「ここからしばらくは、あなたたちふたりが前に立ちなさい」

「そんなっ！　待ってください、俺は戦闘用の魔法は得意じゃなくて……」

「いいから行きなさい！　多少は役に立ってもらわないと、連れてきた意味がないわ！」

俺は必死に説得しようとしたけれど、ウェンディは聞く耳を持たない。

結局先頭に立たされて、ダンジョン攻略は続行されてしまった。

「つ！　ジョシュア様、来ますよ」

「えっ？　う、うわっ！」

危険な状況に置かれて焦っていると、アリンさんの言葉でモンスターが迫っているのに気付いた。

右方向からスケルトンが三体、左方向からも一体が向かってきている。

「私は右の三体を相手しますので、左をお願いします」

「ちょっ、ちょっと！　くそっ、やるしかないのか！」

俺がスケルトンに向き直ると、向こうもボロボロの剣を構えて突撃してきた。

「くっ……『エアカッター』！」

少ない魔力の中でも、なんとか扱える攻撃魔法で対抗しようとする。

風の刃はスケルトンの体に傷をつけたものの、倒すには至らない。

「来るなっ！　来るなってこのっ！　うっ、重い！」

俺はやむを得ず、腰にあった剣を抜いて接近戦をしかけた。

この剣は、丸腰では格好がつかないというウェンディに、無理やり持たされたものだ。

しかし、普段から勉強のために図書館に籠っていた俺には重すぎる。それでも死にたくない一心でスケルトンの攻撃を防いでいると、向こうのボロ剣が音を立てて砕けた。

「今だっ！　うおおおおっ!!」

このチャンスを逃したら後はないと思い、勇気を振り絞って攻撃をしかける。

幸い向こうは武器を失って丸腰だ。

剣の重さに任せて滅多打ちにし、なんとか倒すことができた。

「はぁ、はぁっ……くっ……」

しかし、俺も疲れ切ってその場で膝をついてしまう。一階層のスケルトンなら武器も持っておらず弱そうだったのに、いきなり五階層の敵と戦うのは厳しかった。

「そちらも何とかなったようですね」

顔を上げると、アリンさんが戻ってきていた。

かすり傷さえも負っていないところをみると、三体のスケルトンを一方的に倒したらしい。

彼女は魔法を使えず、代わりに格闘術を修めていると聞いた。

どうやら、ひとりでウェンディの護衛をしているだけあって相当な腕前のようだ。

「は、はい。なんとか……」

これで一安心と思ったけれど、そうはいかないらしい。

俺の戦いを見ていたウェンディが、怒った様子で近づいてくる。

「ちょっと、ジョシュア！　その有様はどういうことなの!?」

「どうって……必死に戦っただけですよ」

「必死に戦って、ようやくスケルトン一体？　こんなんじゃお話にならないわ！」

「そんな……」

殺意をむき出しにして襲い掛かってくるモンスターを、なんとか倒した直後にこの遠慮ない言葉だ。さすがの俺も、怒りが湧いてくるのを抑えられない。

「これでも一生懸命やったんだ。そもそも俺はモンスターと戦った経験すらなかったのに……」

「言い訳は十分よ。ローナは、立派に戦力になっているじゃない！」

「それはっ」

彼女の場合は魔法使いとして優秀で、ゾンビやスケルトンを一撃で倒せる魔法を使えるから。安全な距離から魔法を撃つだけなら、ハードルも低いだろう。

けれど、ウェンディはそんなことまったく考慮していないようだった。

いまだに立ち上がれない俺を見て、大きくため息をつく。

「はぁ……こんなのでも魔法学園の卒業生だから、何かの役には立つと思ったけれど、期待外れもいいところね」

そして、決定的な言葉を口にする。

「あなた、わたくしのパーティーにはいらないわ。ここで追放してあげる」

その言葉に俺は一瞬呆然としてしまい、意味を理解すると慌てた。

「はっ？　え……こ、ここで!?」

ここはダンジョンの五階層。周りにはモンスターがうようよいて、俺では一体を倒すのも至難の業だ。こんなところでパーティーから追放されたら、すぐにでも殺されてしまう。

「待ってくれ！　せめて外に出てから……」

「わたくしたちはまだ先に進むのよ。さようなら」

彼女はそう言うと、ふたりを連れて奥に向かおうとする。

そのとき、再びアリンさんがなにか進言しているのが見えた。

「失礼ですがお嬢様、さすがにこの場に置き去りにするのはやりすぎでは？　本当に死んでしまうかもしれません」

「弱いのがいけないのよ。まさか、魔法学園の卒業者でここまで魔法下手がいるとは思わなかったわ。卒業できたのも、教師に賄賂でも積んだのではないかしら？　ふん、気に入らないわ」

「しかし……」

「もしかして、わたくしの名声が傷つくとでも？　ダンジョン内で犠牲が出るのはよくあること。モンスターとの戦いで恐慌状態になって、行方不明とでも説明しておけばいいわ」

アリンさんは食い下がってくれたが、ウェンディはそれを切り捨てる。

ここに至って彼女も反対することを諦めたようだ。

俺のほうに一瞬視線を向けたものの、すぐウェンディに付き従う。

「う……ご、ごめんなさいっ！」

「お、おいっ！」

ローナも立ち上がれない俺を見て辛そうな表情をしながらも、一緒に残るという選択はせずにウェンディたちについていった。

「頼む、置いていかないでくれ！　こんなところでひとり残されたら死んじまうよ！　おい、おいっ！　ふざけるなこの野郎っ!!」

俺は『死徒のダンジョン』なんか来たくなかったのに、無理やり連れてこられてこの状況は理不尽すぎる！

湧き上がってくる怒りに身を任せて声を上げるが、もうだれひとりとして振り返らない。

やがて彼女たちの姿は薄暗い通路の向こうに消え、辺りが静かになった。

結局、俺はこの場にひとりで取り残されてしまったわけだ。

「……ああ、本当に見捨てられたんだな」

這いずって通路の壁に寄り掛かりながら、ため息をつく。

まだ腹の中で怒りが渦巻いているけれど、もう怒る気力がない。

呼吸は少し落ち着いてきたけれど、足は震えてしまっていた。

こんな状態では、とても出口まではたどり着けそうにない。

「くそっ、どうしてこんなことに！」

己の不幸を呪いたくなったけれど、どうしようもない。

モンスターに気づかれるかもしれないので大声出して怒鳴ることもできず、惨めな思いだった。

ただ、僅かでも希望があるなら脱出しなければいけない。

「そうだ、外に出ればもう自由なんだ。二度とダンジョンなんかに来るものか！」

悪態をつきながらもなんとか立ち上がり、剣を拾って歩き出す。

かろうじて使える攻撃用の魔法は効かなかったから、頼れるのはこの剣だけだ。

薄暗いダンジョンの中、辺りを警戒しながらもノロノロと来た道を戻る。

「階層をつなぐ階段付近にはモンスターがいなかったはずだ。そこまでたどり着けば、ほかの冒険者に助けてもらうこともできるかもしれない」

そう自分を励ましながら、ゆっくりと足を進めていく。

しかし、階段まであと一歩というところで運悪くモンスターに遭遇してしまった。

相手はグール。小柄な人型のモンスターだ。

学園で勉強しているときに、こういったモンスターの図鑑も調べたからよく覚えている。

腐肉を好み、爪と牙に麻痺毒があって傷つけられると動けなくなってしまう。

炎系の魔法や銀製の武器が有効なことからアンデッドの一種といわれているが、今の俺は銀製の武器など持っていない。炎系の魔法は威力が大きい代わりに消費魔力が多く、俺のような魔力の少ない者には扱えないのだ。

「けど、お前を倒せば生きて帰れるんだ！　やってやる、このっ！」

先手必勝。俺は勇気を振り絞ってグールに切りかかった。

「グルッ……グルルッ!?」

幸運にも奇襲は成功し、グールの首から背中にかけて大きな傷を負わせることに成功した。

しかし、力の入り具合が弱かったのか致命傷には至っていないようだ。

そして、傷つけられて怒り狂ったグールはすぐさま襲い掛かってくる。

「うおっ!?　ち、ちくしょう速い！」

グールは、スケルトンとは比べものにならない動物じみたスピードを持っていた。

重い剣を持っていた俺はそれに対応できず、床に押し倒されてしまう。

「グルッ！　グルッ！」

「来るな……このっ！　ぐ、痛っ！」

のしかかって噛みついてこようとするグールを、かろうじて押しとどめる。

しかし、牙を防いでも爪が俺の腕を傷つけてきた。

毒が体の中に沁み込んで、徐々に腕がしびれてくる。

「く、そっ……！」

だんだん腕が下がり、目の前にグールの牙が迫ってきた。

このままこいつに殺されて、死体をむさぼられて、最後にはスケルトンの仲間入りをしてしまうのだろうか。そんなのは御免だ。でも、どうしようもない。

ここまでかと思ったそのとき、上から何か液体が滴ってきた。

真っ赤なそれはグールの血液だ。傷口から溢れてきたらしい。

その一滴が偶然、俺の口に入った。

血の味を感じた直後、体に電流が走ったような感覚がした。

「なっ……ぐっ、うううぅぅ……あああぁぁぁぁぁっ!?」

麻痺しかかっていた腕に力を入れると、のしかかっていたグールを押し返すことが出来た。

何故だかわからないけれど、全身から力が湧いてくる。

「退きやがれぇ！」

「グルッ!?　グルッ!?」

突然復活した俺に敵も困惑しているようだ。

一方の俺は思考もクリアになっていて、周りの状況がよく見える。

すぐさま横に落ちていた剣を片手で握り、思い切りグールに叩きつけた。

「グギャアアアッ！」

片手で振ったにも関わらず、奇襲したときよりはるかに体の深くまで剣が食い込んで致命傷を与える。グールはそのまま倒れて動かなくなり、脅威はなくなった。

「はぁ、はぁ、ふぅぅ……はっ、急がないと！」

予想外の事態に呆然としそうになってしまうが、今の状況を思い出してその場を立ち去ることに。

とりあえずモンスターが近寄らない階段付近までやってきて、そこで一息ついた。

「あれはいったい何だったんだ？　突然力が湧いてきて、意味が分からないぞ」

階段の踊り場に腰を下ろし、ようやく一息つく。

ここまでくれば、モンスターはやってこないだろう。

「さて、問題は俺の力だな」

俺は片腕を上げて袖をまくってみる。本来ならそこはグールの爪に傷つけられた場所だった。

爪が肉に食い込んで、かなり無残な有様になっていたと思う。

しかし、見た限りはいつもどおりの、色白だが綺麗な肌があった。

「確かに怪我をしたはずなのに、治ってる。俺は回復の魔法は使えないし……文字どおり再生したってことか？」

にわかには信じ難いけれど、そうとしか考えられない。

「ふむ……」

試しに剣を手に取って、指先を傷つけてみる。

簡単に傷がついて血が浮かんできたけれど、数分経って血をぬぐってみると傷跡がきれいに消えていた。いつも間にか、俺は人外じみた再生能力を得たらしい。

「切っ掛けは、そうだなぁ。あれしかないか」

グールと取っ組み合いになっているときに、その血を飲んだ。

次の瞬間、何かに目覚めたように力が湧いてきたんだ。

「グールの血がそれだけ栄養満点だったわけじゃないよな、ひどい味だったし」

しかし、血に触れて何かが目覚めたということは確かだ。

「血、血か……」

何か引っかかる気はするけれど、今は考えるよりすべきことがある。

このダンジョンからの脱出だ。

ひとまず安全圏までたどり着いたものの、まだ地上までは四階層も残っている。

得た力が永続的なものか一過性のものなのか分からない以上、素早く行動する必要があった。

「一気に脱出するのは無理かもしれないけれど、力が続くうちに二階層くらいまでは戻っておきたいな」

ダンジョンの深度が浅くなれば、それだけモンスターも弱くなる。

一階層や二階層のモンスターなら、俺の魔法でも対処できるだろう。

そうと決まれば善は急げ。剣を鞘(さや)に納めて立ち上がると、勢いよく階段を駆け上がっていく。

それから俺は、襲い掛かってくるモンスターを手に入れた怪力で退けつつ地上へ向かった。

幸運にもその間に力が失われることはなく、ダンジョンの入り口までたどり着くことに成功。

だいぶ時間がかかってしまったようで、もう夜になっていた。

俺はひとまず宿に帰って荷物を回収し、町はずれの目立たない宿に移って泊まることにした。

これでウェンディの目からも逃れられるだろう。

「さて、俺の力についてだけれど……どう考えるべきかな」

ベッドへ横になりながら、もう一度剣で指先を傷つけてみる。

すると、今度は数分経っても傷が塞がらなかった。

あの驚異的な再生能力や怪力は、消えてしまったのだ。

「どうやら時間限定の能力強化だったみたいだな。そう簡単に恒久的な力は手に入らないか」

しかし、自分の荷物を回収できたことで調べは進んだ。

ダンジョン攻略をするということで、役立ちそうな本を学園の図書館から借りてきていた。

もちろん本物ではなく魔法による写しだけれど、情報を得るには十分。

こうして図書館から自由に情報を持ち出せるのも、卒業生の権利の一つだった。

「ふむ、ふむふむ……」

『死徒のダンジョン』へ行くということで、用意したのはアンデッド関係の情報だ。

その中に、あるモンスターの情報があった。

アンデッドを代表するモンスターの一つ、吸血鬼だ。

モンスターにも、人間と同じようにスキルを保有するものがいる。

そして、吸血鬼を吸血鬼たらしめているのが、スキル『吸血』だ。

獲物の血液を吸収し、その力を我がものとする。

グールの血を飲んで力を増したように、能力を強化することができるのだ。

ほかにも『吸血』による効果はあるようだけれど、戦闘に役立つのは主にこれだろう。

特に人間の処女の血を好むようで、時には女性冒険者が攫われることもあるらしい。

そして、その『吸血』スキルの効果こそが、俺の体に起こったことと酷似していた。

「俺が『吸血』のスキルに目覚めたというのが分かりやすいのかもしれないけれど、問題があるぞ」

この『吸血』スキルは、吸血鬼やその眷属しか保有しないスキルなのだ。

もし俺が本当に『吸血』スキルに目覚めたのなら、俺の体には吸血鬼の血が流れていることになる。

「そんなことあり得るのか？　しかし……」

ちょっと信じられないけれど、絶対にないとは言い切れない。

吸血鬼の始祖は、不死の魔法に取りつかれた邪悪な魔法使いだったという説もあるし、肉体的には人間とそう変わらない。

どこかで吸血鬼の血が人間と混じる機会もあったかもしれない。

それに、俺の一族が代々色白で体が弱かったのも気になる。

「吸血鬼は太陽の光で灰になってしまう。その血を僅かなりとも受け継いでいれば、普通に生活しているだけでも虚弱体質になってしまうなぁ」

こうして考えていくと、ただの思いつきだと考えていた話にも現実味が出てくる。俺の先祖がどこかで吸血鬼と交わっていたとすれば、『吸血』スキルの出現にも説明がついてしまうからだ。

「しかし、そうなると少し……いや、かなりマズいな」

もし吸血鬼の血が混じっているなんてバレてしまえば、火あぶりは確実だ。

俺はもちろん家族にも、さらに親戚にも手が伸びるだろう。

そうなるのは何としてでも避けたい。

「出来るだけ早く、このシュタインの町から離れたほうがよさそうだな」

一度、ノイマン伯爵領からも出ていったほうがいいだろう。

王都辺りで職を探して、ほとぼりが冷めるのを待つのがいいかもしれない。

ただ、何よりもまず疲れた。

今日はダンジョンに潜り、パーティーから追放されて死ぬような目に合って、その上でs自分に吸血鬼の血が流れているということまで明らかになった。

とりあえずゆっくり休んで心身ともに休め、明日から動き始めればいい。

そう考えながら粗末なベッドへ横になるのだった。


翌日、俺は冒険者ギルドに来ていた。

ウェンディたちが帰ってきているかを確認するためだ。

戻ってきているのなら、見つからない内に急いで町を出なければ。

しかしまだダンジョン攻略を続けているのなら、自分の体のことを知るためにも、ここでもう少し吸血鬼について調べておきたい。

この『死徒のダンジョン』以上に、アンデッドの情報が集まる町はないだろうから。

受付に行って確認すると、ウェンディたちはどうやらまだ攻略中らしい。

これで少し時間ができた。

俺はさっそく吸血鬼についての情報を集めようと思ったけれど、そうは問屋が卸さないらしい。

冒険者ギルドの扉が勢いよく開き、ボロボロの少女ふたりが帰ってきた。

「た、大変です！　お嬢様がモンスターに捕まってしまいました！　どなたか協力して救出を！」

先頭に立っているのはアリンだった。

いつもウェンディの背中に控えていたクールな彼女が慌てている。

体にも細かい傷がたくさんあって、激戦を繰り広げて帰ってきたのかもしれない。

その後ろにはぐったりした様子のローナが背負われていた。どうやら疲れ切って意識を失っているらしい。魔力の限界まで魔法を使うと、ああなることがある。

彼女たちの姿を見た途端、俺は近くの物陰に隠れた。

アリンはローナを背負いながら受付に向かう。

「お嬢様を救出するのに人手が必要です。手配していただけますね？」

普段の彼女とは思えないほどに強引な迫り方だ。

受付のお姉さんもプレッシャーをあてられて固まってしまっている。

しかし、ウェンディの救出と言ったか？

ということは、彼女は今、危機的状況というわけだ。

もしかしたら、すでに手遅れで死んでいるかもしれない。

「ふん、傍若無人なふるまいに罰があたったんだ」

ウェンディに殺されかけた身からすれば、いい気味だと思う。

それに、貴族の娘の救出なんだから、冒険者たちはこぞって参加するだろう。

大金の謝礼は約束されているし、有力貴族のノイマン伯爵と顔がつながる。

出世したい冒険者パーティーからすれば逃す手がないはずだ。

しかし、その場で名乗りでる者はだれひとりいなかった。

どうしたんだろうと思っていると、近くで客同士の話し声が聞こえる。

「おい、聞いたか？　昨日の夜にノイマン伯爵から使いが来たらしいぜ。なんでも、娘に関しては配慮無用だとか。実家から切り捨てられたんじゃないか？」

「だとしたら、手を上げる奴はいないいな。金もコネも手に入らないのに、わがままお嬢様を助けに行くやつがいるかよ」

どうやらウェンディは、このギルドの冒険者たちに早くも気に入られていないらしい。

まあ、確かに支部長相手に偉そうにしていたし、噂が広がっていても不思議じゃないな。

普通の冒険者からすれば、金持ちが道楽で冒険者をやっているように見えるんだろう。

しかし、本当に誰もいないのか？

我慢できなくなったアリンがあちこち冒険者に声をかけているが、皆知らんぷりだ。

誰ひとりとして救出に手を貸そうとしない。

どんな状況か知らないが、このままでは確実に死んでしまうだろうな。

「だ、誰か手伝ってはくれないのですか？　お願いします、どうか……」

そう言いながらも、アリンがとうとう床に膝をついてしまった。

ローナを背負ってダンジョンから脱出してきて、疲労が限界に達したんだろう。

「私が用意出来るものならなんでもお渡しします。だから、どうかお嬢様を！」

目尻に涙を浮かべながらそう言う彼女を見ると、俺でもさすがにばつが悪くなってしまう。

俺にとっては最悪のお嬢様でも、彼女にとっては違うのか。

ただ、冒険者たちはこういう場合ドライなのか、見向きもしない。

毎日、誰かが帰還できないような殺伐とした環境の中で戦っているせいか。

それにしても、この光景は見ていられなかった。関わり合いになりたくないと考えていても、放っておけない。俺は危険を承知で彼女に近寄っていく。

「ウェンディになにかあったのか？」

「ッ!?　あ、あなたは……！」

俺が声をかけると、アリンは驚きの表情で見返してきた。

それはそうだろう、死んだと思っているはずだからな。

難易度の高いダンジョンで、戦闘力の低い人間がひとりきり。

どうあがいても、入り口までたどり着ける確率はゼロに近かっただろう。

「なにを驚いているんだ？　俺は幽霊でもアンデッドでもないぞ」

「しかし……いえ、すみません」

俺の無事が信じられない様子だったけれど、ようやく認めたか。

彼女は動揺を抑えて姿勢を整えると、改めて俺に頭を下げてきた。

「五階層でのことは大変申し訳ございませんでした。主人の命令とはいえ、ジョシュア様を置き去りにしてしまい……」

「ああ、おかげで大変な目にあったよ。危うく死にかけた」

「本当に申し訳ございません」

腰を直角になるほど曲げて頭を下げ、真摯に謝罪してくるアリン。

確かに彼女は置き去りを主導したわけではないし、主人の命令に逆らえなかった立場も理解できる。おかげで、彼女に対する怒りは治まってきた。

「とりあえず、話を聞かせてもらいたい。ここの冒険者は自分たちに得がなければ協力する気がないようだし、これ以上頼んでも無駄だろう」

「ええ、そのようですね」

アリンも頷き、ローナを連れて壁際の空いている席に腰かける。

「それで、今はどういう状況なんだ？」

「はい、ご説明いたします」

そう言うと、彼女は俺を置き去りにしてからのことを話し始めた。

あの後、ウェンディたちは順調にダンジョン攻略を進めたらしい。

熟練の格闘家であるアリンに、剣も魔法も扱えるマルチロールなウェンディ、それにひとりで数人分の攻撃力を持つローナ。

彼女たちは三人でも十分に、パーティーとして機能していたようだ。

どんどん攻略を進めていき、最終的に目標であった十階層にまでたどり着いたとか。

「しかし、そこで罠にハマってしまったんです」

「罠？　このダンジョンにはあまり罠の類はないと思ったけれど」

ダンジョン毎にモンスター重視や罠重視など、様々な特徴がある。

『死徒のダンジョン』はモンスター重視で、実際五階層にまで潜っても一度も罠にかかっていない。

「いえ、普通の罠ではないんです。相手はミミックでした」

「なんだって!?　確かに、それは罠と言えるな……」

ミミックは宝箱に擬態するモンスターで、宝を見つけ喜び勇んで開けようとした冒険者を捕食する。殆どのダンジョンに生息するモンスターで、ある意味有名だ。

パーティーに盗賊系のスキルを持ったメンバーがいれば看破できたかもしれないけれど、ウェンディたちは戦闘力特化だからな。

さらに、待ち伏せに特化したモンスターであるためか、ミミック自体の戦闘力も階層の平均より高いという。正体を見破ることが出来れば遠距離から一方的に攻撃できるけれど、罠にかかってしまったらパーティーが壊滅することもある。

　今回は後者だったようだ。

「しかし、ミミックの罠にかかったというなら……言い辛いが、ウェンディはもう死んでいるんじゃないか？」

　そう問いかけたけれど、アリンははっきりと首を横に振った。

「いえ、お嬢様はまだ生きておられます」

「どうしてわかるんだ？」

「あのミミックは奇襲でお嬢様を捕らえたものの、すぐに消化しようとはしていませんでした。おそらく、まだ空腹になっていないのではないかと」

「それは本当ですか？」

「ええ、チラッとですが、ミミックの周囲に前の犠牲者の者と思われる装備が転がっていました。ごく最近のものです」

　確かに、モンスターといえど生物だ。

　ウェンディの前の犠牲者を消化しきっていないとすれば、満腹状態ということになる。

　ある意味、彼女を保存食として捕らえたままにしているのかもしれない。

「それは幸運だ。それでも、なるべく早く助け出す必要があるな」

「はい、おそらくですが二、三日は余裕があるかと思います。しかし、先ほどのとおり誰も協力してもらえず……」

アリンは沈んだ表情になって机に視線を落とす。

「私ひとりではとても十階層にたどり着くことはできません。よしんばたどり着いても、ミミックに勝てるかどうか……今からでは、ノイマン伯爵家に連絡を送っても間に合わないでしょう」

このシュタインの町から、伯爵領の領都までは馬に乗っても五日はかかる。

仲が悪いと言われている実家も、さすがに娘の生命の危機となれば助けをよこしてくれるだろうが、さすがに距離がありすぎるな。

つまり、この場で何とかする必要があるということか。

「そうか、そうか……」

一見絶望的な状況だけれど、俺は少し希望を感じていた。

もしここでウェンディを助けることが出来たら、彼女に大きな貸しを作れる。

有力貴族の娘である彼女は、社会的立場と影響力が高い。

もし俺に吸血鬼の血が流れているとバレてしまっても、伯爵家の権力があれば無事にすむかもしれないのだ。平穏に暮らしていきたいと思ったら、そういった助けが必要なのは明らかだと思う。

ここはリスクをとってでも挑戦する価値があると考えた。

「一つ提案したい」

「なんでしょうか？」

「もし俺がウェンディを助けられたら、今後何かあったときにノイマン伯爵家から便宜を図ってもらえるだろうか？」

「え、ええ。それは得られるでしょう。お嬢様もプライドの高い方ですから、助けられた借りは返したいと思うはずです」

彼女はそこまで言って、怪しむような視線を向けてきた。

「しかし、ジョシュア様がお嬢様を助ける、ですか？　五階層から生きて帰ってきただけでも奇跡のようなものですよ」

「ああ、それは分かっている。けれど、可能性はあると思うんだ」

今の俺には以前にはない力がある。

『吸血』スキルの力は強力だ。

戦闘経験の少ない俺でも、楽にモンスターを倒すことができた。

例えば一階層のモンスターから吸血し、それを階層ごとに繰り返していけば危なげなく攻略を進めることが出来るのではないか。

俺の脳裏には攻略プランが出来上がっていた。

「いえ、やはりジョシュア様では難しいと思います。せっかく拾った命は無駄にされないほうがよいかと」

しかし、さすがにあんな醜態を見せた後ではアリンに信用してもらえないらしい。

ここは『吸血』スキルについて、少し説明したほうがいいかもしれない。

都合のいいことに、アリンの服にはグールのものと思われる返り血がついていた。

「少しこれを貸してもらうぞ」

「えっ、何を……返り血ですか？」

俺が侍女服についていた固まりかけの血を指でぬぐいとると、不審そうな目を向けてくる。

「まあ、見ていてくださいよ」

そう言って指の血を舐めとると、すぐスキルが発動した。

弱いグールのものだったからか五階層のときほどではないものの、体に力がみなぎってくる。

「アリン、俺と腕相撲してみよう」

「はっ？　いえ、しろというのならしますが……」

半信半疑になるながらもテーブルに腕を乗せる彼女。

しかし、その表情は腕相撲を始めるとすぐ驚愕に染まった。

「ぐっ、力が強い!?」

「むぅぅっ！　どうだ、これが俺の今の力だ！」

俺とアリンの力は拮抗し、テーブルがギシギシと音を立てている。

ついには俺のほうが優勢になりはじめ、最終的には勝利してしまった。

彼女はダンジョンからの脱出で疲労していたとはいえ、ひ弱な魔法使いに負けた衝撃は大きいようだ。俺が声をかけるまで呆然としていた。

「……ジョシュア様、これはいったいどういうことでしょうか？」

「実は、ダンジョンから脱出する最中に、新しいスキルに目覚めたんだ」

「それのおかげでこれだけの力を得たと？　そのようなスキル、心当たりはありませんが」

彼女が困惑するのも無理はない。『吸血』スキルはモンスター特有のスキルなのだから。

ただ、現状で詳細まで語る必要はないだろう。

俺もまだアリンをそこまで信用していない。

「詳しいことを話す必要はないだろう、要はウェンディを助けられる力があるかないかだ」

「確かに。私としては、お嬢様が無事であれば他のことは関知いたしません」

「それがいい。とりあえず今夜は準備をして、明日救出にとりかかろうと思う」

「なるべく早くお願いしたいですが、準備を怠って失敗しては元も子もありませんからね。了解しました」

これにて契約はなった。

俺はウェンディを助ける代わりに、いざというときは庇護を受ける。

侍女の約束というのは少し不安だけれど、現状ではこれ以上望めない。

その後、俺たちは分かれてそれぞれの宿に戻ることに。

一応宿の場所は知らせたけれど、やはりまだ完全に信用はできない。

とりあえずダンジョンに潜る準備だけして、早めに休むことにした。

しかし、ベッドへ横になってうとうとし始めたところで扉がノックされる。

「誰だ？」

「私です。アリンです。中に入れていただいてもよろしいでしょうか？」

「夜遅くに何の用だ……とりあえず中に入ってくれ」

そう返答すると、彼女が扉を開けて部屋に入ってきた。

「ローナの様子は？　ギルドでは意識がなかったように見えたけれど」

「今は宿でぐっすり眠っています。ただの魔力切れなので、明日には目が覚めるでしょう」

それを聞いて少し安心した。

ローナもまた、俺を見捨てたひとりだけど、そうせざるを得ない立場でもあった。

それに、同じウェンディに巻き込まれた仲間でもあるので、少し心配していたんだ。

「そうか、よかった。それで、いったい何の用でここに？」

俺はベッドから起き上がり、端のほうへ腰かけて彼女を見つめる。

すると、アリンは俺の前までやってきて床に両ひざをついた。

「改めて謝罪に参りました。ジョシュア様をダンジョン内に置き去りにしてしまい、申し訳ございません。私たちのことを恨んで当然だと思いますが、どうかお嬢様をお助けください！」

再び深く頭を下げられて、俺もさすがに困惑してしまう。

「そ、その件については無事ウェンディを救出してから、もう一度話し合いたい。とりあえずは救出に全力を尽くすと約束する」

「ありがとうございます。こちらの鞄にお嬢様についての情報を入れてあります」

彼女は頭を上げると、そのまま俺のほうへ近づいてくる。

そして鞄を渡された俺は中身を確認して頷く。

「これで救出はスムーズに進むだろう。まだ、何かあるのか？」

彼女は俺に鞄を渡した後も、その場から動こうとはしなかった。

「いえ、何か出来ることはないかと思いまして。疲労した体では足手まといですし、明日の救出には参加できませんから」

少し悔しそうに言うアリン。

だが、人間ひとりを背負ってダンジョンの十階層から生還しただけでも大したものだと思う。

それでもやはり、主人の救出に加われないというのは悔しいらしい。

「せめて、ジョシュア様に英気を養っていただこうかと思いまして」

彼女はそう言うと、俺の膝に手を置いた。

そして、そのまま股間にほうへ動かしていく。

「お、おい……っ！」

手が股間に触れると俺もさすがに体を硬くした。

指の動いている感覚もむずがゆいし、俺の視線からだとちょうど侍女服の胸元が覗ける位置になっている。爆乳と言ってよいサイズの乳房が生み出す深い谷間が丸見えで、否応なく本能を刺激されてしまった。それでも彼女は気にせず、ベルトをはずして肉棒を露出させる。

「今の私に出来ることはこれくらいですのね。ん、はふっ……」

「うおっ！」

彼女は小さく笑みを浮かべると、そのまま肉棒の先端を咥えた。

温かい感覚に思わず声が漏れてしまう。

けれど、アリンの奉仕はそこからより激しくなっていく。

「ん、ちゅ……くちゅ、れろっ！」

肉棒を咥えたまま、舌を動かしてフェラチオし始めたのだ。

唾液で舌が滑って、ヌルヌルと先端が刺激される。

「はむ、んむぅっ！　ジョシュア様、いかがでしょうか？」

こちらを見上げるアリンの顔は少し赤くなっていた。

自分から始めたことだけれど、やはり恥ずかしいのだろう。普段ウェンディの無茶にも当たり前のように付き従っている彼女が恥ずかしがっているのは、なかなかギャップがあるな。

「すごく気持ちいいな、動きが滑らかで……まさか、普段からこういうことをしているのか？」

「まさか、そんなことはありません！　ただ、伯爵家の本家のほうで武術を学んでいたとき、指南役の騎士が変態だったので、色々とセクハラされてしまいまして……」

「ほう、それでウェンディに仕えているのに、こんなふうに男への奉仕の仕方も知っていると」

なかなか興味深いけれど、今は相手をするので精一杯だ。

油断するとイかされそうになってしまう。

「んむ、じゅるっ……はぁ、んくっ、ふぅっ……ジョシュア様はただ気持ちよくなることを考えてくだされればいいんですよ」

「それはありがたいけど……くっ！」

このまま奉仕されっぱなしというのもつまらない。

俺は快感に耐えながら、少し前かがみになって彼女の胸元に手を伸ばす。

「あんっ！　や、胸をっ」

「こんなに素敵なものを放っておく手はないからな」

片手では覆いきれないほど大きな乳房を、服越しに揉み解す。

手のひらが柔らかい感触でいっぱいになって、幸せな気分だ。

「んくっ、ひゃうっ！　もう、そんなにそこで楽しみたいのですか？」

彼女は仕方なさそうに笑うと、肉棒から口を離す。そして、代わりに胸元に手をやって服をはだけた。直後、それまで押さえつけられていた乳房が露になる。

「うおっ！　これはすごい！」

大きいとは分かっていたけれど、これは想像以上だ。

衣服という拘束具から外された衝撃だけで、重そうにゆさゆさと揺れている。

「ふふ、視線がくぎ付けですね」

「男だったら強制的に視線を誘導されるだろうな」

そう断言してもいいほどの魅力と迫力が、その胸にはあった。

彼女は俺の言葉に赤面しつつ、自分で爆乳を持ち上げる。

「これを使ってご奉仕する方法も知っていますので、お楽しみくださいね」

俺に期待させるようにゆっくり言うと、アリンはそのまま胸を股間に押しつける。

「おっ、くぅっ……！　これは、感触も想像以上に気持ちいいっ！」

勃起した肉棒に乳房が当たり、やんわりと形を変えていく。

ガチガチになったモノも、さすがにこの質量には抗えず、斜めになってしまうほどだ。

「んっ、はぁっ！　こうすると、ジョシュアさんの硬さと熱さがよく分かります」

「こっちだって、どこまでも埋まっていきそうな柔らかさを感じてるよ」

実際、深い谷間に飲み込まれると、肉棒がすっぽり見えなくなってしまうほどだ。

根元から先端まで、爆乳に包まれて蕩けそうな快感を味わっている。

「ですが、本物のご奉仕はこれからです。しっかり味わってくださいませ！」

彼女はそう言うと、爆乳を上下に動かし始めた。

「これはっ！　う、くぉっ……！　脳みそが蕩けそうだっ!!」

片方だけでキロ単位はある柔肉が二つ、肉棒を挟み込んで揺れている。

アリンの手つきも丁寧だけれど、なによりその圧倒的な質量がたまらない。

気持ちのいい刺激で反射的に腰が動いてしまっても、ぐにゅっと柔肉に飲み込まれてまた快感が生まれる。どうしたって気持ちよくなるしかない快楽地獄だ。

その上、彼女は時折、乳房の谷間から覗く肉棒の先端を舌先でペロペロと刺激してくる。

それがちょうどいいアクセントになって、また気持ちよかった。

「んぁっ、ジョシュア様のものがもっと大きく……それだけ気持ち良くなっていただけているのですね？」

咥えていた亀頭から唇を離し、満足そうに言うアリン。

もう十年以上は侍女をしているというだけあって、他人に仕え、奉仕する姿は堂に入っている。

俺は快感にうめき声を上げそうになるのを抑え込み、彼女の問いに答える。

「いいぞ、なかなか上手いじゃないか。アリンの爆乳、パイズリするのにピッタリのデカさと柔らかさで最高だ」

「ありがとうございます。お褒めに与り光栄です。では、続けてご奉仕させていただきますね？」

わざとらしく下品な言葉を使って褒めても、ほとんど顔に出さず淡々と奉仕を続ける。

最初は恥ずかしがっていたけれど、もう慣れたということか。

内心ではどう思っているか知らないが、今この瞬間、アリンのご主人様は俺なんだ。

いつもはウェンディに仕えている彼女が俺の前に跪いて奉仕をしているのを見ると、あのお嬢様に対する身を焦がすような怒りも少しは落ち着いてくる。

「くむっ、じゅるるっ、じゅぷっ……んんっ、じゅずずっ！」

亀頭を咥えなおした彼女に舐めまわされ、さらに乳房の動きも速まって一気に快感が溜まる。

「くっ……出すぞ、胸と口にぶっかけてやる！」

「はいっ、すべて受け止めます！　出してくださいっ……ひゃうぅぅっ!!」

最後の瞬間、俺は思いっきり爆乳に腰を押しつけて射精してやった。

谷間の一番深いところで精液が溢れ、真っ白な粘液が彼女の体を犯していく。

「あう、ひゃうっ……胸の中がとっても熱いです……」

アリンは少し驚いた表情を見せながらも、最後まで射精を促すように胸を動かす。

おかげで俺は金玉が空になるかと思うほど、精液を絞り出されることになってしまった。

ようやく動きも治まって肉棒を引き抜くと、谷間の中で納まりきらなかった精液が垂れてくる。

「やだ、こんなにたくさん……私の胸の中、ジョシュア様に征服されてしまいましたっ……」

はぅ、と熱い息を吐きながら自分の胸を見つめるアリン。

その姿にまた劣情を刺激されそうになりつつも、なんとか自分を抑え込む。

「アリンの気持ちは受け取らせてもらったよ。もう夜も遅いし、俺は休むことにする」

「はい、ありがとうございます。明日はよろしくお願いいたします」

彼女は取り出したタオルで汚れをふき取ると、何事もなかったかのように去っていく。

それを見送って、俺も再びベッドへ横になるのだった。

●　●

翌日、俺はいよいよダンジョン攻略にとりかかった。

まずは一階層で『吸血』を行える相手を見つけ、能力の向上を図る。

「おっ、見つけたぞ。くらえ『エアカッター』！」

血液のないスケルトンや血まで腐っているゾンビは無視して、グールに狙いを定める。

「グギャアァッ！」

流石に一階層のモンスターなら、俺の攻撃力の低い魔法でも一撃だ。

俺は倒れたグールに近寄り、傷口からあふれ出た血を舐める。

すると、体の奥から力が湧いてくる感覚がした。

「おお……ただ、さすがに一階層だと能力の上昇幅も小さいな。次は二階層に行こう」

どうやら『吸血』を行えば、その同階層にいるモンスターは楽に倒せるくらいまで能力が上昇するようだ。

さすがに群れているモンスターの相手は厳しいけれど、そこは逃げに徹すればいい。

視覚や聴覚といった感覚も強化されるので奇襲もやりやすくなり、先の階に行っても安定して『吸血』を行うことができた。

二階層、三階層と順々に能力を強化していきながら階段を降り、ダンジョンの奥深くにまで向かっていく。そして二時間ほど経ったころには、死にかけた五階層を突破し、さらに三時間ほどをかけてようやく第十階層まで到達した。

「ふう、ここが目的の階層か。ええと……」

俺は鞄から、アリンに渡された地図を取り出して開く。

どうやら、ここから左に向かった通路の先でウェンディが囚われているらしい。

「よし、行くか。……と、まずは万が一のために能力を上げておかないとな」

俺はその辺で待ち伏せを行い、グールを一体楽々と仕留めると、『吸血』を行って能力を強化する。

このくらいの階層になると一体で行動しているモンスターはなかなかいないのだが、今回は運が良かった。自分の力が増しているのを確認すると、剣を握りなおして目的地に向かう。

「む、あれか？」

通路を奥に進むと、曲がり角の向こうから何やら怪しい音がするのを感じた。

慎重に角を覗き込むと、その通路の奥に大きな宝箱があるのが分かった。

人間が膝を抱えて丸くなれば悠々と入れるくらいで、明らかに怪しい。

「どうやら今は擬態中のようだな。好都合だ」

とはいえ、武器を構えて接近しては向こうも警戒してしまうだろう。

一見普通の宝箱に見えても、それ自体がモンスターだというなら外の状況も把握しているはずだ。

俺は擬態に気付いていないふりをして、宝箱に近づいていく。

「おお、こんなところでこれだけ大きな宝箱を見つけるなんて、今日はラッキーだな！」

モンスターが人間の言葉を理解しているかは分からないけれど、雰囲気重視だ。

そして、近くにまでやってきたところでいきなり宝箱へ斬りかかる。

「騙されるわけないだろう、くらえミミックめ！」

「グギイイイィィッ！？！？」

俺の振り下ろした剣は宝箱の鍵を破壊し、中身まで切りつけた。

肉を切る手ごたえと共に耳障りな悲鳴が上がる。

「まだまだ！　切り刻んでやる！」

確かに手ごたえはあったが、一度の攻撃ではそこまでのダメージを与えられていない感じがする。

俺は剣を引き抜くと、二度三度と振り下ろした。

とはいえ、中にウェンディがいることを考えて、剣を深くまでは突き込まない。

それでも切りつける度に醜い悲鳴が上がり、宝箱が身悶えし始めた。

「ようやく正体を現したな！」

俺が後ろに距離をとると、傷だらけになった宝箱のふたが開く。

そして、中から何本もの触手が飛び出してきた。

触手は海に生息するヒトデの足を細長くしたようなもので、腹の部分にはさらに細かい触手が生えている。これで敵を捕獲し、自分の腹の中に収めてしまうんだろう。

現に、二本の触手が俺のほうへ向かってきていた。

「俺も食おうっていうのか？　そうはさせるか！」

幸い先ほどの攻撃で触手も傷ついていたのか、動きは鈍い。

大きく横に動いて触手から逃れると、反撃に剣を振りかぶった。

「せえええぇぇぇいっ!!」

「ギギイイイィィッ」

剣を振り下ろすとともに、一本の触手が中ほどで断ち切られた。

それに怒り狂ったのか、今度は一度に四本の触手が迫ってくる。

「そんな気持ち悪い触手に捕まるなんて、御免だな！」

俺は強化された脚力で触手の攻撃を避けながら、反撃の機会を狙う。

そのとき、傷ついて動きが鈍った触手が、他の触手とぶつかって絡まってしまった。

ここしかないと思い、決死の覚悟で間合いを詰める。

「その隙は逃さないぞ！」

絡まっている二本の触手を一度に切り裂く。

一度に二本もの触手を失ったからか、ミミックが先ほどより大きな悲鳴を上げた。

それと同時に、残る二本の触手の動きも鈍る。

「残念だったな、もうこれで終わりだ」

その隙を見逃すはずもなく、俺はその二本も立て続けに切り捨てた。

これでもう、まともに動かせる触手はなくなったはずだ。

俺は悠々とミミックに近づいていき、宝箱の中を覗き込む。

そこには、半透明の薄い膜のようなもので包まれたウェンディの姿があった。

まったく動いていないところを見ると、意識を失ったままなのか。

「これがミミックの胃袋かな？　とりあえず、助け出そう」

俺は剣で膜を破ると、中からウェンディを引っ張り出す。

彼女は消化される直前だったのか、胃酸で装備が溶け始めていた。

とはいえ体のほうは、まだまだ無事なようで、全身ベトベトしている以外は傷もない。

ミミックのほうを振り返ると、胃袋の奥に心臓と思わしき脈動する臓器があったのでトドメを刺す。すると、モンスターは断末魔を上げながら完全に沈黙した。

「これで一安心だな」

近くに他のモンスターの気配もないようだ。

とはいえ、ここは通路の行き止まり。どこからかモンスターがやってくれば戦闘を余儀なくされてしまう。気絶しているウェンディを守りながら戦うのは厳しい。

「どこかに休める場所は……おお、そこがいいな」

運よく通路を少し戻ったところで、小部屋があるのを見つけた。

中に入ってみるとスケルトンが一体いたので、素早く倒して安全を確保。

部屋の中へウェンディを連れてきて、詳しい様子を確認する。

「……うん、外傷はないみたいだな」

奇襲でミミックに捕まったのが、ある意味良かったのかもしれない。

抵抗していたら、骨の一本でも折られていたかもしれないからな。

とはいえ、装備と一緒に服も少し溶かされているのは目に毒だ。

染み一つない真っ白な肌が露になっていて、大きな胸や健康的な太ももが視線を引きつける。

「ん、ぅん……」

そのとき、ウェンディが身じろぎした。

どうやら目を覚ますようだ。俺は少し距離をおいてその様子を見守る。

それから一分ほど経つと、彼女は目を覚まして起き上がった。

「ここはいったい、どこ？　わたくし、ミミックに……」

片手を額に当てブツブツとつぶやくウェンディ。

その直後、何かに気付いたようにハッと顔を上げた。

「そうだわ！　ミミックは？　アリンとローナは⁉」

彼女は辺りを見渡し、そして俺の存在に気付いた。

驚愕して目を見開いたけれど、すぐに平静を装って話しかけてくる。

「どうしてあなたが、わたくしと一緒にいるの？　もしかして、ここはあの世なのかしら」

「俺は生きている。残念ながらお前もな、ウェンディ」

「なっ、口の利き方に気を付けなさい！　わたくしを誰だと思っているの⁉」

「それはこっちのセリフだ。俺が助けなきゃ、今頃ミミックの腹の中で溶かされていたところだぞ」

それに、一度は捨てられて殺されかけたんだ。そんな俺が敬意を払うと思うのだろうか？

彼女の無駄なプライドに呆れていると、向こうも困惑した表情になる。

「わたくしを助けたって、あなたが？　アリンではないの？」

「ここには俺ひとりで来た。アリンはローナを連れて十階層から脱出して、疲労困憊(ひろうこんぱい)だよ」

「……では、わたくしは本当にあなたに助けられたと？　そんな……」

どうやら現実を受け入れられないようだ。

まあ、自分が見殺しにした相手に助けられるなんて、普通は思わないよな。

「アリンに感謝しておくんだな。彼女に必死に頼み込まれなければ、俺だって見捨ててた」

俺はそう言うと、彼女の反応を待つ。

ウェンディはしばらく何か考えるように視線をあちこちに動かしていたけれど、やがて考えがまとまったのか大きく息を吐いた。

「状況はわかったわ。でも、疑問点が一つ。五階層でグール一匹にてこずっていたあなたが、どうして単身で、わたくしをミミックから救出できたの？」

「それは、少し複雑な事情があってな。ここからは報酬にも関係する」

「報酬ですって？」

怪訝な表情をするウェンディに、俺は笑みを浮かべてつづけた。

「当たり前だ、タダで危険なダンジョンに、しかも憎い当てを救うため潜ってくるわけないだろう」

「むっ……それは……」

自分が俺を見殺しにした自覚はあるのか、少し苦い顔になるウェンディ。

こいつのこんな表情を見られただけでも、少しはここまで来た苦労が報われたな。

「俺も、お前の力が必要だと思ったから救出に来たんだ。事情は説明する」

俺はそう言うと、今の自分の状況を説明し始めた。

ひとりダンジョンに置き去りにされてからグールに襲われ、そこで『吸血』スキルに目覚めたこと。

自分の家系に吸血鬼の血が流れていて、バレれば処刑される危険もあること。

そして、ウェンディを救う代わりに、ノイマン伯爵家の力で俺を庇護してほしいということ。

すべて伝え終えると、彼女の反応を見る。すると、怒りの表情になって肩を震わせていた。

「わ、わたくしが……ノイマン伯爵家の人間が吸血鬼に命を救われたというの!?」

彼女は拳を握りしめ、俺を睨みつけていた。

「そんなに怒ることか？」

「当たり前だわ！　ノイマン伯爵家は代々領内のダンジョンを管理していて、この『死徒のダンジョン』もその一つよ」

確かに、この東エルドトス王国は王家より有力貴族の力が強いこともある。

相応に自治権も強く、領地内にあるダンジョンはその貴族が管理し、代わりに利益を得ていた。

「あなたが伯爵領の出身ということは、過去に『死徒のダンジョン』から吸血鬼が脱走したということになるわ。ダンジョンを管理する貴族家としては、モンスターの脱走を許したどころか、それに気づかなかった時点で大失態よ！」

「ああ、なるほど。そういうことか」

確かに、この国には他に吸血鬼が出るようなダンジョンはない。

他のダンジョンから脱走した吸血鬼がこの土地に流れ着いたという可能性もなくはないが、『死徒のダンジョン』から脱走した吸血鬼だと考えるのが自然か。

「となると、ここは俺のご先祖様の故郷という訳か。なんだか親近感がわいてきたな」

「冗談じゃないわ！」

ウェンディはそう声を上げると、近くにあったレイピアを手に取り俺に向けた。

「おい、馬鹿な真似はよせ。命の恩人に剣を向けるのか？」

「吸血鬼に救われたなんて知られるぐらいなら、あなたを殺してわたくしも死んだほうがマシだわ！」

どうやら聞く耳を持たない状態らしい。

「チッ、厄介な……」

ここで暴れられたら計画が台無しだ。説得は無理のようだし、強引にでも大人しくさせるしかない。その上で、俺の利益になるよう誘導するのだ。

「となると、『吸血』のもう一つの能力を使うしかないか」

少し不安があったものの、俺は立ち上がってウェンディと向き合う。

すると、さっそく彼女が踏み込んできた。

「吸血鬼め、覚悟なさいっ！」

「俺は血が混じっているだけで、ハーフどころかクォーターですらないんだけどな」

勢いよく襲い掛かってきたウェンディだが、その動きは精彩を欠いていた。

おそらくは、ミミックの胃袋というひどい環境に長時間いたことが原因だろう。

対して俺はまだ『吸血』の効果で能力が向上している。

さっとレイピアの突きをかわし、彼女を羽交い絞めにすることに成功した。

「うっ、この！　放しなさい！」

「このまま大人しくしてもらうぞ」

「はっ？　何を……ひっ!?」

彼女はこちらを振り向くと同時に怯えた表情になった。

目の前に犬歯をむき出しにした男がいれば、無理もないと思うけれど。

ただ、動きが止まったのは好都合なので、その隙に首筋へ噛みつく。

「あぎっ!? やっ、やめなさい、やめてっ！ わたくし吸血鬼になんか……あぁっ……」

俺は『吸血』のスキルを使い、自分の魔力を彼女の中へ流し込んでいく。

すると、徐々に彼女の体から力が抜けてきた。

同時に鋭い目つきもとろんとして、敵対心が弱くなっていくように感じる。

これが『吸血』のもう一つの能力、魅了だった。

相手の体に魔力を注ぐことで、自分への好意を植えつけることができる。

資料を調べたところによると、異性に対して特に大きく効果が働くらしい。

そのまま十数秒魔力を流し込み続けると、ついにウェンディは立っていられなくなった。

彼女が倒れそうになったところで、俺はついでとばかりに通常の『吸血』も行った。

「おおっ？」

最初に感じたのは旨さだった。今までに味わったどの血よりも甘く、脳みそが蕩けてしまいそうになる。続いて強力な力が全身に漲ってくるのを感じた。

グールなんか目じゃないくらいのパワーが、四肢の先端にまで満ちていくようだ。

「これは、ウェンディが処女だからか？ なるほど、吸血鬼が処女の血を好むのも分かるな」

思わず酔ってしまいそうなほど美味で、しかもウェンディは魔法剣士としても優れているから能力の上げ幅も大きい。そして、血を吸われた本人は床に座り込み、涙目で俺のことを見上げている。

「わ、わたくしに『吸血』を使ったわね！」

「ほう、知ってるのか。それは好都合だ」

伯爵家が管理するダンジョンだし、資料は豊富にあっただろうな。

「お前が俺に害を与えるというなら、そうできない理由を作ってやろう」

要するに、分かりやすい弱みを作ってやるつもりだった。

俺は彼女の手からレイピアを取り上げ、そのまま床に押し倒す。

その間、ウェンディはろくに抵抗してこなかった。

服に手をかけようとすると、ようやく身をよじって逃げようとする。

「う、くっ……やめなさい！」

普通の女ならば自分から求めてくるほど魅了しているはずなのに、ウェンディは必死に俺を睨みつけてくる。体は思ったように動かせないながらも、心までは魅了に堕ちていないようだった。

「へえ、なかなか頑張るな」

「指一本でも触れたら、細切れにしてグールの餌にするわよっ！」

反抗してくれるなら、それをねじ伏せる楽しみも生まれるというものだ。

少女を無理やり犯すことに対する罪悪感は、ウェンディ相手では働かない。

「やれるもんならやってみやがれ」

俺はそう言うと、片手で肩を押さえて動けないようにしながら服を剥く。

「やっ、止めなさい！　ひゃっ、きゃうっ！　下着までっ!?」

もはや多少身じろぎするくらいでは俺の手から逃れられない。

すぐに肌がむき出しになり、本来隠されるべき秘所も露(あらわ)になった。

改めてみると、ウェンディの肢体は見事だった。

美しい金髪がよく映える白い肌に、均整の取れたプロポーション。

腰回りはくびれていながらも、胸やお尻にはしっかり魅力的な肉がついている。

ちょっとキツめな表情は好みが分かれるところだろうが、俺は好物だった。

「う、くぅ……」

胸も股間も丸出しで、羞恥心に顔を赤く染めながらこっちを睨んでくるウェンディ。

俺を死の縁に追いやった女を、こうして組み敷いていることに喜びを感じた。

「せめてもの情けだ、準備くらいはしてやる」

俺は手を動かすと、指を秘部に押し当てた。

「ひゃうっ!? ど、どこを触っているのよ！ すぐ放し……ひぃんっ！」

俺はウェンディの言葉を無視して愛撫を始める。もちろん最初はピクリとも反応しなかったけれど、優しくマッサージするように刺激していくと、次第に反応を返すようになってきた。

「お、またヒクっと動いたぞ。刺激を感じてるんだろう?」

「誰がっ……ん、はぁっ……うっ！」

彼女は俺から視線を逸らし、与えられる刺激に耐えようとしている。

さらに、これ以上愛撫を受けまいと抵抗してきた。

体を逃がそうとしたり、足を閉じようとしたり。

ただ、そのことごとくは俺が腕で押さえつけてしまう。

「涙ぐましい抵抗だな、だが無意味だぞ。素直に気持ちよくなってしまえばいいんだ」

魅了の効果はすさまじく、本人がどう思おうが関係なく体に準備を始めさせてしまう。

その上、俺が直に愛撫をしているんだから、いかに心まで堕ちていないといっても限界がある。

「ほら、奥から愛液が漏れてきた」

「んんっ……や、ううっ！」

そして、ついに降伏したように秘部から愛液が流れ出てきた。

外にあふれるほど濡れているということは、膣内はすごいことになっているだろう。

少なくとも、男を受け入れるのに不足はなさそうだ。

俺は自分のズボンに手をかけると、肉棒を取り出す。

間近でウェンディの痴態を目にして、すでに興奮し、大きくなっていた。

「っ!?　ま、まさかそれを……」

「ああ、これでお前の処女を奪ってやる。どうせ初めてなんだろう？」

少なくとも、学園では誰ひとり男を近づけていなかったからな。

「くぅ……この変態、強姦魔、落ちこぼれ魔法使いのくせに！　ここから出たら簀巻き(すまき)にして、もう一度ダンジョンの中に放り込んであげるわ！　今度こそグールの餌にしてあげる！」

「こいつっ！」

俺にとってはトラウマじみた経験を蒸し返されて怒りが湧き上がる。

「……そうだ、いいことを思いついたぞ」

「なにをするつもり？」

俺が笑みを浮かべたのを見てか、ウェンディが不安そうな表情になる。

「なに、そこまで俺を罵倒するということは、自分も遠慮なくやられる覚悟があるんだろう？」

彼女の肩を掴むと、体を回転してうつ伏せにさせる。

「きゃっ！」

「初めては高貴なお嬢様に似合うよう、獣みたいに犯してやるよ！」

目の前に現れた肉付きのいいお尻を、俺は両手で鷲掴みにする。

そして、その奥にある秘部へ肉棒を押しつけた。

「やっ、こんな格好！　やめてっ、せめて普通に……ひゃっ、いやあああぁぁっ!!」

俺は彼女の言葉を無視して腰を前に突き出した。

愛撫でたっぷり濡れた膣は、彼女の内心とは裏腹に素直に肉棒を受け入れる。

怒りと興奮でガチガチになったものが、どんどんウェンディの中へ埋まっていった。

「いやっ！　ほ、本当に入ってきてるっ!?　やめなさいっ、今なら命までは……あぐっ、ひきゃぁっ！」

まだグダグダと言っているウェンディの尻を遠慮なく、痕がついてしまうほど強く握って黙らせる。それに、今の刺激のおかげか膣内がより濡れてきた感じがした。

「なんだ、ケツを握られて濡らしてるのか？　変態はどっちだよ」

「わたくしはそんなことしてないわっ！　あなたが『吸血』スキルでやったんでしょう!?」

「たとえスキルのせいで発情したって、濡れ具合には個人差があるだろう」

俺はそう言いながら、腰をさらに前へ突き出していく。

「ウェンディの体は発情すると、早く男のものを咥えたくて、ドロドロになるくらいスケベだってことだな」

「そんなの出鱈目よ！　勝手に言っているだけだわ！　んぐっ、やっ、だめ！　それ以上は……」

気づくと、肉棒がウェンディの処女膜らしい抵抗を感じていた。

あと少し腰を前に突き出せば、彼女の純潔は無残にも散らされる。

それもダンジョンの中で、見下し見捨てたはずの男に。そう考えると高揚感が治まらなかった。

「ははは っ、いよいよだな。お前の初めては俺がもらってやるよ！」

「やめてっ！　いやぁぁっ！　こんなの嘘よっ、ありえないのにっ！　ひぃぃぃっ!?　ぎうっ、やああああぁぁぁあぁぁぁっ!!」

抵抗するウェンディの姿を楽しみながら、俺は一気に処女膜を突き破った。

そして、そのまま奥まで犯し切ると激しくピストンし始める。

「ぎぃっ、はぐうっ！　やぅ、ひぃんっ！」

「おぉ？　こいつはすごい、中がグニグニ絡みついてくるぞ！」

ウェンディの膣内は、想像よりずっと気持ちよかった。

肉棒を前後に動かすたびに、四方八方から肉ヒダが絡みついてくる。

まるで何十枚もの舌に刺激されているようで、天にも昇りそうな気分だ。

「最高だぞウェンディ！　このまま最後まで犯しつくしてやるからなっ！」

両手でしっかり腰を押さえると、ズンズンと中を突きまくる。

「ひゃうっ、あうぅぅ！　やめっ、奥っ、突かないでぇ！」

犯されているウェンディは、床に手をついてなんとか体を支えている状態だ。

肉棒が膣奥を突きあげるたび、うめくような声を漏らす。

遠慮なしで激しく犯しているからか、目尻には涙が浮いていた。

「いい気味だな、あのウェンディがこの様とは！」

普通の少女相手ならば罪悪感を覚える行為も、彼女に対しては喜びになる。

激しく腰を打ちつけられ真っ白なお尻が赤くなっていくのも気にせず、俺は彼女を貪るように犯した。しかし、行為を続けていくと徐々に変化が訪れる。

「はぐっ、あふ、はぁっ！　やっ、ひゃんっ！　ん、あひぅ……！」

ウェンディのうめくような声が、少しずつ気持ちよさそうな嬌声に変わっていっているのだ。

それに合わせて、膣内の動きも活発になっているように思える。

当のウェンディも自分の体の変化を感じているようだった。

「んひっ、あひゃうっ！　な、なんでっ!?　落ちこぼれなんかに犯されてるのにっ、わたくし気持ち良くなって……ひゃううううっ!!」

「ははは っ！　処女をぶち破ったばっかりなのにそんなに乱れて、エロいなぁウェンディ！」

笑いながら、肉付きのいい尻を掴んでさらに強く腰を押しつける。

すると彼女の膣内は反射的に俺のものを締めつけ、十分な快感を生み出した。

こんなに乱暴にしても、向こうも十分気持ち良くなってしまっているらしい。

せめて痛みがあるなら怒ることも出来るだろうに、快楽しか感じないんだから喘ぎ声を上げるくらいしかできないんだよなぁ。

「くくっ、ははははっ！」

まったくいい気味だと思い、声を上げて笑ってしまう。

「あぐっ、んんっ！　やめなさいっ、もう腰、動かさないで！　あひぅ！　やっ、これ以上気持ち良くしないでぇぇっ!!」

「駄目だ、お前は処女を奪われながらも気持ち良くされて、最後には無様にイっちまうんだよ。さあ、いくぞ！」

彼女が快楽に乱れてくると、俺も楽しくなってくる。

ただ単に乱暴に犯すだけじゃなく、ウェンディをより淫らにしたいという気持ちが湧いてきた。

「ほらっ、ここがいいんじゃないか？　中がビクビク震えてるぞ！」

「あひっ、ひゃふんっ！　そこっ、お腹側ゴリゴリするのやめてぇぇぇぇっ」

悲鳴を上げながらも、その声自体はとても気持ちよさそうだ。

顔を覗いてみると、涙目なのは変わらないものの表情は緩んでいる。

彼女自身、快感を受け入れている証拠だ。

「ウェンディ、もっと俺の手でエロくなってみろ！」

「いやっ、だめぇっ！　こんなの、心まで本当に気持ちよくなっちゃうのっ！」

「そりゃあいい、可愛がってやるよ！」

俺は彼女の弱点を探しては、見つけ次第容赦なく責めていく。

そして容赦のない快楽にさらされたウェンディは、やがて限界に近づいていった。

「ま、待ちなさい！　お願いだからっ……あひっ、うひゃうぅ！　気持ちいいっ、頭の中が蕩けるっ……だめっ、こんな相手にイかされるなんて！　でもっ、あぁぁぁぁっ!!」

ピストンはさらに激しくなり、ウェンディの膣内を隅々まで犯していく。

入り口から奥まで、俺の肉棒に触れていない場所はすでにないほどだ。

興奮も否応なく高まっていってしまう。

ピストンを限界まで速くして、欲望と怒りをぶつけた。

「ほら、イけっ！　見下していた男に犯されて、イっちまえっ！」

「イクッ、イっちゃうのっ！　だめなのにっ……いやっ、あひっ、ひゃうううぅぅぅぅぅっ!!」

大きな嬌声とともにウェンディが絶頂し、彼女の全身がこわばる。

次の瞬間、俺はウェンディの一番奥に肉棒を突き込んで射精した。

精液を浴びた膣内は、反射的に肉棒を締めつけてもっと絞り出そうとする。

「ぐっ……！」

俺は激しい刺激に耐えながらも腰を動かし、絶頂中のウェンディを尚も責めた。

「いひぃぃっ!? だめっ、イってるのぉ！ イってるのにぃ、またイクゥゥッ!!」

背筋を思い切り逸らして声を上げ、連続絶頂するウェンディ。

ついには腕からも力が抜け、上半身を床に突っ伏してしまった。

「ひぃ、ふぐぅ……はへっ……」

魅了状態で異様なほど激しい快楽を与え続けられたからか、さっきまでの気丈さが跡形もなくなってしまっている。

力が抜けたようなだらしない表情で、こっちを睨みつけていた目元も快楽に緩んでいた。

それを見て満足した俺は、ようやく肉棒を引き抜く。

抑えを失った膣内からは精液が溢れて、床にまで垂れてしまっている。

「情けない姿だなぁ、ウェンディ。でも、これで少しは気持ちが楽になった」

上半身を床に突っ伏したままお尻だけ上がっている格好は、無様以外のなにものでもない。

魔法学園の同級生が見ても、これがあのウェンディ・ノイマンだとは信じられないだろう。

だからこそ、ここまでやってようやく恨みが晴れてくるのだ。

「まだ完全に許した訳じゃないが、これからは協力関係になるんだ。仲良くやっていこうぜウェンディ」

未だ絶頂の中にいて返事を返せない彼女に、俺は一方的にそう声をかけるのだった。

第二章　吸血鬼の血筋

ダンジョンの一室でウェンディを犯してから、数時間が経った。

あれから紆余曲折あったものの、俺は彼女を連れて地上に戻ることに成功した。

「はぁ、はぁ、やっと戻ったわ……」

「お前がもう少し協力的なら、もっと早く着いたんだけどな」

「あんなことをされて、ダンジョン脱出のためとはいえニコニコと協力できる訳ないでしょう！」

俺のつぶやきに、元気に反撃してくるウェンディ。

御覧のとおり、彼女はあのアヘ顔で突っ伏していた状態から見事に元通りになってしまった。

多少は変化が起きるかと思ったけれど、俺の考えが甘かったようだ。

幸いにも、ひとりではとても脱出できないという状況はわきまえていたので、ここまでは口論は
あれど敵対することはなかった。

ただ、ここはもう地上の町。

下手をすればすぐでも斬りかかってくるかと思ったけれど、そうはならなかった。

「もう外に出たが、俺は殺さないのか？」

「……あなた、それ嫌味？　ダンジョン内であれだけ能力差を見せつけておいて」

俺の問いかけに、ウェンディは苦々しい表情を浮かべながらそう返してくる。

こうして地上に戻ってくるまでに、何度か戦闘を行う機会があった。

しかし、遭遇したモンスターはその都度、俺が殲滅してしまったのだ。

「いや、どうも体が軽くてな。ついつい前に出てしまった」

「ふん……とにかく、新しく力を得たあなたとこんな場所で刃を交える気はないわ」

とはいえ、現状でももう数戦できるくらいの余力はあるので、自分でも驚きだ。

「そうか。まあ、俺としても結構動いて疲れたから、一休みしたかったしな」

最初のころは重くて仕方なかった剣も、今は手足の延長のように軽々扱えている。

その上、これまでと違い『吸血』の時間切れで能力が低下する気配がないんだ。

そのことを彼女に伝えると、何故だか、ため息をつかれてしまった。

「あなた、その理由が分からないの？」

「いや、そう言われても『吸血』のスキルに目覚めたのはごく最近なんだ」

「なら教えてあげるわ」

そう言うと、ウェンディは服の襟の部分をめくる。

そこは、ちょうど俺が吸血のために噛みついた場所だった。

「吸血鬼が人間の処女の血を好むということくらいは知っているわよね？」

「ああ、それは分かる。旨かったからな」

「それ以外にも理由があるの。処女の血は他の生物や非処女の血より能力を高めてくれるのよ」

「なんと、そんな効果が!?」

聞いたことのない情報に驚いていると、ウェンディは襟を整えて噛み痕を隠す。

「普通の吸血鬼は、『吸血』スキルでいつでも永続的に能力を高められる。けれど、あなたは混血だから、スキルの力も弱くなっているのよね。なら、処女の血を『吸血』することでしか、永続的な能力向上ができないのではないかしら」

「なるほど……しかし、ウェンディは吸血鬼のことに詳しいんだな」

「『死徒のダンジョン』を攻略するんだもの、このくらいの事前知識は当たり前よ！」

そう言って偉そうに胸を張るウェンディ。

その拍子に突き出された巨乳が揺れて眼福だった。

俺たちはその後、まずは宿に戻ってアリンたちに無事を報告することにした。

「今帰ったわアリン。迷惑かけたわね」

「あぁ、お嬢様！　よくぞご無事で！」

ウェンディの無事な姿を見て、彼女は涙目になっていた。

こんなわがままお嬢様に、アリンのように忠実な臣下がいるのがいまだに信じられないな。

そう思っていると、この場にいるもうひとりから声をかけられた。

「あの、ジョシュアさん。お怪我はないんですか？」

「ローナか、まあ何とかね。骨が折れたけど、新しく手に入れた力でなんとか切り抜けたよ」

「新しい力、そうですか……。ともかく、ご無事で良かったです」

彼女はそう言って無事を喜んでくれたけれど、どことなく釈然としない表情だった。

「ともかく、これで依頼は達成したな」

俺がそう言うと、アリンが涙を拭いて俺のほうに向きなおる。

「はい、ありがとうございました。大変なご迷惑をおかけした上にお嬢様の命まで救っていただいて、感謝のしようもございません」

「お礼の言葉はいい。いま俺が一番欲しいのは謝罪の言葉なんだけどな。もちろんアリンではなく、ウェンディの」

そう言って彼女を見ると、向こうも俺を睨んできた。

その表情を見ると、俺もまた怒りの感情が湧き上がってきそうになる。

やはりまだ、俺はウェンディを許せないようだ。

「……お嬢様、どうかお願いいたします」

そんな彼女にアリンが話しかけた。

「ジョシュア様は命の恩人です。彼に対して正当な報酬を与えるのは貴族の務めかと」

「むぅ……悔しいけれど、アリンがそう言うなら分かったわ」

まだ少し納得していなさそうだが、ウェンディは俺に向かって頭を下げた。

「今回はあなたのおかげで命が助かったわ、ありがとう。ダンジョン内に置き去りにしてしまってごめんなさい」

「ふん……」

深く頭を下げているウェンディを見て、噴きだしそうになっていた怒りは沈静化していく。

けれど、やはりまだ怒りの根源がなくなったわけではない。

なにせ今回の一連の問題の流れはすべて、ウェンディの功名心が原因なのだ。

そして、そこはまったく解決していない。

「……ふぅ、これで満足かしら？　わたくしに頭を下げさせるなんて、そうそう出来ることではないんだから」

「ああ、そうだな」

「でも、これで終わりではないわ。ダンジョン内であったことは忘れないわよ！」

そう言うと、今度な遠慮なく殺気の籠った視線を向けてくるウェンディだった。

俺に処女を奪われて、よほど怒っているようだ。

それに、どうやらまだこりていないようだな。これは、もう一押し必要そうだ。

それに、伯爵家の保護はなんとしても欲しい。

俺は彼女の視線を受け流しながらも、どうやってこの高慢な娘を堕とそうかと考えた。


その日の夜は、俺は町の中心にある宿に戻っていた。

これによって、表向きは怒りを抑えたと三人に思わせつつ、次の手を進めていくことにしたのだ。

「ダンジョン内ではあまりゆっくりできなかったからな。今夜こそウェンディを調教しきってやる」

どうやってウェンディに復讐するか考えたけれど、最終的に選んだのはセックスによる快楽堕ちだった。彼女は自分の貞操をかなり気にしているようだし、これが一番、堕ちたときに効果があるんじゃなかと思う。

「さて、ではお邪魔するとするかな」

シュタインの町では、上等な宿であっても鍵などついていないので、普通にそのままウェンディの部屋へ乗り込んだ。

「えっ？　ちょっと、なんであなたがここにいるの!?」

「正当な報酬を貰いに来ただけだ。つまり、復讐心を満たすための……な」

「なっ……昼間頭を下げたじゃないの！」

ベッドから起き上がった彼女は、慌てつつも愛用のレイピアを手に取ろうとする。

しかし、立っている俺のほうが先に、机に置いてあったレイピアを取り上げてしまった。

「あぁっ！　わたくしの剣になにするんですの！」

「昼間の謝罪はアリンからの報酬だ。ウェンディ、お前自身から自発的に謝った訳ではないよな？」

「当たり前よ！　なぜわたくしが落ちこぼれ如きに頭を下げなくてはいけないのかしら」

「相変わらず高慢だな。だが今は、お前自身に俺への借りを払ってもらうつもりだ」

そう言うと、ウェンディは怒った表情になる。

「はぁ？　そんなの、こっちが返してほしいくらいだわ！　あなたなんかにわたくしの処女が……」

「なら、あのままミミックに消化されてたほうが幸せだったか？」

「ぐっ……それは……」

今度は言葉を詰まらせるウェンディ。

「ウェンディ、お前が支払うべきなのは自分の命の値段だ。頭を下げたくらいでチャラになると思うなよ」

しかも、見殺しにしたはずの俺に救われた命だ。プレミアがついて通常より高くなるのは当たり前。流石にそれが分からないほど馬鹿ではないだろう。

「……わたくしに、何をしろと言うの？」

ウェンディは少し時間をおいて、苛立たしそうにしながらもそう問いかけてきた。

「簡単だ。ダンジョンでは俺のほうが一方的にしていたから、今度はウェンディにやってもらおうと思ってな」

そう言いながら、俺は彼女の体を下から上へ舐めるように見つめる。

視線を感じたのか、ウェンディは自分の体を抱きしめた。

「度し難い変態ね……。でも、いいわ。ダンジョン内であんな醜態を見せてしまったのは、あなたの『吸血』スキルのせいよ。正気のままなら、だらしなく乱れたりしないわ！」

「へえ、それは楽しみだな。じゃあさっそく見せてもらおうか」

俺は笑みを浮かべると、彼女のいるベッドへ近づいていく。

そして先ほどまでウェンディが寝ていた部分へ横になった。

彼女は俺の横に座ったまま、どうしようかと視線を泳がせている。

「やり方がわからないなら、教えてやろうか？」

「だ、大丈夫よ！　貴族の娘だもの、教育は受けているわ！」

彼女はそう言うと、俺の上にまたがってくる。

ちょうど股間の近くに腰を下ろした瞬間、動きが鈍くなった。

「もう大きくなってる？　そんな……」

「さて、どんな奉仕をしてくれるのか楽しみだな」

彼女はそう言うと、俺のズボンの中に手を伸ばす。

「まずは取り出して、刺激すればいいのよね」

手順を思い出すように肉棒を握り、ゆっくりしごき始める。

その手つきは意外にも優しく、内心で驚いてしまった。

その上、もう片方の手は自身の股間に向かっていて、そちらも準備しているらしい。

「へえ、なかなか上手いじゃないか」

「貴族の娘は跡継ぎを産むのが使命らしいから、いやでも勉強させられるのよ」

「その様子だと、イヤイヤやっていたようだな」

「当たり前じゃない！　わたくしが誰を夫にするかは自分で決めるわ！」

自信満々にそう言うあたり、やはり普通のお嬢様とは違うなと思う。

だからこそ攻略し甲斐があるんだが。

「手でするのもよいけれど、他でも楽しませてくれよ。それに、これから運動して熱くなるし」

「はっきりいったらどう？」

少し目線が鋭くなった彼女に、俺はニヤリと笑みを浮かべて伝える。

「そのエロい体を晒せ、って言ってるんだ」

「……あなたは、レディに対して遠慮というものがないの？」

「お前以外の女の子には遠慮するさ」

「くっ……いいわよ、どうせ減るものじゃないし」

そうは言ったものの、強がっているのは丸わかりだった。

顔を赤くしながら服に手をかけ、魅力的な肢体を露にしていくウェンディ。

ソックスや手袋など一部は残っているが、胸や秘部など大事なところは丸見えだ。

「こっ、これで満足かしら!?」

「ああ、いい眺めだ。たまらないね」

もはや説明不要な美巨乳に、先日処女を奪ったばかりでまだ殆ど開発されていない秘部。

悔しそうな顔で見つめられて、余計に嗜虐心が煽られてしまう。

「エロい体を見たら、そろそろ我慢できなくなってきた。入れてくれよ」

「いいわよ、やってあげようじゃない。あなたなんか、『吸血』の魅了がなければ何でもないんだから！」

ウェンディはゆっくり腰を浮かせ、肉棒を挿入しようとする。

「ん、熱いっ……はぁ、ふぅ……んんっ！」

肉棒の先端を秘部に押しつけ、そのまま腰を下ろした。

彼女自身で準備をしていたのが功を奏したのか、意外にも滑らかに挿入されていく。

「はぁ、はぁ、ふぐっ！　は、入ってくる……あっ、ふぅうっ！」

それでもまだ二回目の挿入だからか、緊張しているようにも見える。

ウェンディが、自分からするのは初めてだしな。

「手伝ってやろうか？」

「要らないわ！　ひとりで出来るわよ……はっ、んぐっ……入っ、たぁ！」

互いの腰がぶつかり、肉棒が根元まで膣内に挿入されたのが分かる。

中の様子は、魅了状態だった前回ほどではないけれど十分に気持ちいい。

「やっぱりウェンディの中は気持ちいいな。才能あるぞ」

肉棒がビクリと動くと、それに合わせて膣内も震える。

「ひゃんっ!?　わ、わたくしがやるから、あなたは動かないで！」

「なら、もっと尻を振ってみせてくれよ」

「そんな卑猥な言い方でわたくしを挑発するつもり？　誘いには乗らないわ！」

そう言いつつ、彼女は腰を動かしていく。

動きそのものはゆっくりだけれど、ピストンの幅は大きい。

肉棒が先端近くギリギリまで引き抜かれて、そこから再び根元まで飲み込まれる。

おかげで膣内を入り口から奥まで味わえるので、俺としてはいい気分だ。

ウェンディも下手に興奮しないよう出来るだけ自分を抑えながら、俺に快感を与えようとしているらしい。ただ、受ける刺激はどうしようもなく互いの体の興奮を高めていく。

「おお、また締りがよくなってきた。感じてきているんじゃないか？」

「そんなことないわ！　気のせいよ、あぅ！　はぁはぁ、んく……あひぅっ！」

パンッ、パンッ、と乾いた音が響いて室内に広がる。

それに合わせて、わずかに愛液が混ざる淫らな水音も聞こえ始めていた。

「んん、はふぅ、はぁっ……どう、気持ちいいでしょう」

「正直予想以上だ。でも、ウェンディも感じてるんじゃないのか？」

愛液が増えているのもそうだし、まだ触れていないのに乳首も硬くなってしまっている。

その上全身が火照って汗が浮いてきているので、隠しようがない。

あのわがままお嬢様が俺の上でケツを振って感じていると思うと、胸がすくような思いだった。

同時に、普段とのギャップも感じて興奮してしまう。

「ほんの少しよ、どうってことないわ」

ウェンディは強がっているけれど、それがどこまで通用するのやら。

案の定、しばらくすると動きが鈍くなってきた。

「ほらどうした。ケツが止まっているぞ！」

「でも、足が……あぅ！」

見れば、快感を我慢しながら頑張りすぎたのか、足が震えてしまっている。

「そのままじゃ無理そうだな」

「そんな、わたくしはまだ出来るわ！」

「無茶するな。倒れたら怪我するのは俺のほうだぞ」

挿入したまま捻られでもしたらと、最悪の場合を想像して、思わず背筋が寒くなってしまいそうになる。ともかく、これ以上はウェンディに任せるのは無理だ。

「まあでも、俺もまだ満足していないしな。別の形で続けさせてもらおう」

「えっ、なにするの？　ちょっと、きゃっ！」

俺はベッドから体を起こすと、ウェンディの体をぐるりと動かしてしまう。

今まで騎乗位だったものが、背面座位へ。

ベッドの縁に腰かけながら、彼女を後ろから抱きかかえるような形となる。

「ちょっと放しなさい！　わたくしがする……きゃひんっ！　やっ、動いて……んぁ、はぐぅ！」

俺はウェンディの太ももを両手で掴み、そのまま上下に動かした。

腕の力だけでこんなことをするのは以前までは考えられなかったけれど、今は『吸血』のおかげで能力が上がっているからな。

「ほら、恥ずかしい体勢で犯してやる！」

「えっ、このまま!?　いやっ、足を戻して！　あぐ、はひぃ、はひぃんっ！」

両手を使って、そのまま俺の前でウェンディの足を開いていく。

剣士としての能力が高いからか体も柔らかく、ほぼ百八十度になるほど開脚させられた。

そのおかげで、肉棒と膣の結合部が丸見えとなる。

ウェンディはすぐに顔を真っ赤にしながら噛みついてきた。

「こんな恥ずかしい格好、今すぐ止めなさいっ！」

「いや、それじゃあ満足できないなぁ。このまま堕としてやるよ！」

「やうっ……ひぎゅううううぅぅっ!?」

肉棒で膣奥を突きあげると、ウェンディの口から大きな嬌声が上がった。

これまで乱れないよう抑えていたらしいけれど、体はしっかり感じていたということだ。

「うおっ、中もうねりまくってる……だんだんスケベになっていくな！」

「そんなっ、今は魅了されていないのに……んぐっ……はぁはぁ……」

今の状態が信じられないのか、困惑した表情のウェンディ。

しかし、俺にとってはここからだった。

「そら、後はもう取り繕うことが出来なくなるほど乱れるだけだぞ！」

俺は片手で彼女の体を支えながら、もう片手を股間に向ける。

そして、肉棒が激しく出入りしている穴の少し上、クリトリスに狙いを定めて指を動かした。

「きゅひっ!?　ひぁっ、んぐううううぅぅっ！　やっ、そこはだめっ！　触らないでぇ！」

追い打ちをかけるように性感帯を刺激され、ウェンディがたまらず悲鳴を上げた。

「何言ってるんだ、ここからがいいんだろう？　ははははっ！　やめてほしいなら、まず俺を満足させるんだな」

「ぐぅぅ……や、やればいいんでしょう!?」

ウェンディは歯噛みしながらも両手で俺の足を掴み、腰を動かし始めた。

「はっ、はっ、うぐっ……ひゃっ、んんんんっ！」

「おお、頑張るな。そのまま俺がイクまで続けられたら一休みしてやる」

俺も引き続き、手と肉棒でウェンディを犯しつつ、さらに責めるのに使えるものがないか辺りを見渡す。すると、ちょうどいい場所によいものがあった。

「ウェンディ、目の前にある鏡を見てみろ。自分から男のモノを咥えこんでるのがよく分かるだろう？」

「あっ!? うそ、やだっ、見ちゃだめっ！」

この宿にはなかなか立派な姿見があったので、それを利用させてもらった。

さすが貴族が利用するような宿だな。

俺も肩越しに見ると、そこには俺の上で股を開いて腰を振っている彼女の姿が映っている。

「おっと、腰は止めるなよ」

「ううっ……だめ、こんなのわたくしが淫乱みたいじゃないっ！」

自分の痴態を見せつけられ、顔を真っ赤にしているウェンディ。

しかしながら、俺の命令で腰の動きは止められない。

結果、激しい羞恥心と興奮が同時に彼女の精神を蝕んでいく。

「あぁ、いいぞ。その顔最高だ、こうやって正解だったたな」

改めて、目の前で俺の肉棒を咥えこんでいるウェンディを見ると、穢れない体と心をどんどん侵略している気分になって気持ちいい。

「慣れてきたみたいじゃないか。娼婦の素質でもあるのかもな。今の自分の状況が分かるか？　ちょっと前まで見下してた男の上に乗って、腰振って、高貴な伯爵家のご令嬢がすることじゃないな」

試しに茶化してやると、彼女は羞恥に顔を赤くしながらも鋭い視線を向けてきた。

「あ、あんたがやらせてるんでしょう！　このっ……あひゅっ!?　やっ、待って！　突き上げちゃダメッ……ひぃんっ!!」

生意気な口を利くウェンディへお仕置きを兼ねて子宮口を突き上げると、すぐ反応して嬌声を上げた。こうやって簡単にエロい声を出すのも、体が開発され始めている証拠。

彼女の肉体に二度と消せない爪痕の残していると思うと、自然と笑みが浮かぶ。

「はひっ、はぁはぁ……んぐっ、あひゅううぅぅぅぅ！」

「うおっ！　ぐ、いい締りだ……ただ、そろそろ限界なんじゃないか？」

「な、何がよ？　わたくしはまだまだ……」

「隠そうとしたって無駄だぞ。中が精液を絞り出そうと一生懸命絡みついてきているからな」

「ッ!?」

こんな露骨な動きをする理由は明白。もうすぐイキそうなんだ。

「意地をはってないで素直にイキそうだって言えば、気持ちよくしてやるぞ」

「何を言って……あぇ？　ちょっ、うそでしょ!?　動きがっ！」

ウェンディの体をギュッと抑え込み、まともな刺激を与えない。

すると絶頂直前だった彼女の体は不完全燃焼し始めて、体中をイキかけの興奮が満たしていく。

こうなるともう、脳みその中は絶頂したいという欲望にメチャクチャにされてしまう。

「うぅ、ぐぅぅぅぅっ！」

それでもプライドが残っていたのか、我慢しようとしていたけれど、数分と経たないうちに限界を迎える。

「……せて」

「うん、なんだ。もっとはっきり言ってみろ」

耳元でささやいてやると、ウェンディは涙目で振り返って求めてきた。

「いじわるしないで、イかせてっ!!」

「その言葉が欲しかったんだよ」

俺は、ウェンディが快楽に負けたことに笑みを浮かべながら、拘束を緩めて先ほどより激しく突き上げ始める。

「うぎゅっ、ひぃぃっ！　くるっ、きちゃうっ！」

「もうイクか？　いいぞ、俺の上でだらしなくイってみせろ！」

俺がひときわ大きく腰を突き上げると同時に、ウェンディの体が強張った。

「イクッ、イクッ、イクッ……ぁぁあああぁッ！　イックウウゥウウウウゥゥウゥッ！！！」

大きく背を反らし、だらしなく口を開きながら絶頂するウェンディ。

震えに合わせて美巨乳も揺れ、秘部からはプシュッと潮が吹いていた。

「はひっ、はぁ、ふぅっ……」

ウェンディはそのままぐったりして、俺へ体重を預けた。

俺は彼女を支えつつ、ベッドの中央に移動して一休みする。

「おい、大丈夫か？」

問いかけると、ウェンディは疲れている様子だがなんとか俺のほうを見る。

「だ、大丈夫なわけないじゃない。こんなにしてくれちゃって……」

「それだけお前の体がエロかったってことだ」

「このっ、好き放題言ってくれるわね！」

「でも、自分の痴態を見せつけられて、あんなにイってたのは事実だよな？」

「くっ……！」

逃れようのない事実を提示してやると、悔しそうに表情を歪めるウェンディ。

その表情を見るともっといじめてやりたくなってしまうが、流石にこれ以上はマズいだろう。

激しい絶頂でかなり疲れているようだし。

「まあ、いいものを見せてもらった。これで少しは仲良くできそうだな」

「この……外に漏らしたらタダじゃおかないわよ！」

「それはお互い様だな」

俺は未婚のウェンディが純潔を失い、淫らに善がり狂った事実を知っている。

貴族社会で婚前交渉というのはタブーなので、バラされてしまうと大きなダメージになるだろう。

それも、よりによって吸血鬼の血が混じった男に犯されたときている。

一発で社会的な立場を失うかもしれないな。

プライドの高いウェンディにとっては致命的だ。

逆にウェンディは俺の出自の秘密を知っている。

この情報が流出すれば、俺は表の世界で生きていけなくなるだろう。

それどころか、このノイマン伯爵家の領地から生きて出られるかも怪しい。伯爵家としては、過去に吸血鬼がダンジョンから逃げたのを把握できていなかったなんて、スキャンダルだからな。

そうでなくても、珍しい人間と吸血鬼の混血ということで実験材料にされてしまうかもしれない。

つまり、お互いに相手の弱みを握っている状態だ。

「俺たちはできるだけ協力しなければならない。それは分かるだろう？」

「こんなことをしておいて、何をぬけぬけと……」

彼女は一度俺を睨みつけたものの、すぐ視線を外してため息をつく。

「はぁ……こんな相手と一蓮托生になってしまうなんて……」

「俺たちが好きなように生きていく方法は一つしかない。それは分かっているだろう？」

「当然だわ。だからシュタインの町に来たのだから」

「なら、まずは他のふたりにも了解をとらないとな」

「そうね……って、もう大丈夫だから近づかないでちょうだい！　ひとりで寝るわ！」

「はいはい、分かったよ」

手を振り払われてしまった俺は、ベッドの端に移動して横になるのだった。


翌日、俺はウェンディと共に残るパーティーのメンバー。すなわちアリンとローナを相手に話し合いを行う。

「まさかお嬢様がジョシュア様と一緒とは……どんなお話なのですか？」

「驚くのも無理はないわ。でも、大事な話よ」

ここは宿屋の一室。

四人掛けの机の片方に俺とウェンディがいて、対面に残りふたりが座っている。ウェンディが不審そうな表情をしているアリンにそう言って落ち着かせ、話は俺から切り出した。

「結論から言うと、俺はパーティーに復帰してダンジョン攻略を再開する」

「え……ええっ!?　ほ、本当なんですか？」

普段大人しいはずのローナが、目を丸くして驚いた。

それも無理はない。俺とウェンディの仲はそれほど悪かったのだから。

むしろ悪いというか、こうして隣に座っていることがあり得ないくらいだな。

「ローナの驚きは分かるわ。こうなった事情をこれから説明するわよ」

そう言うと、彼女は意外にも丁寧で分かりやすく説明を始めた。

俺は血筋による処刑の危険、ウェンディは純潔の喪失による立場の崩壊という危険を抱えている。

それらを一気に解決するのが、冒険者としてダンジョンを攻略し名声を高めることだ。

ダンジョンを踏破した冒険者というのは下手な貴族より発言力があるので、外野から自分のことで何か言われても跳ねのけられる力がある。しかし、ダンジョンを攻略するにはパーティー全体の能力を出来るだけ高めないといけないのだが……。

今現在も俺とウェンディは互いのことを敵視しているけれど、お互いに頼れる相手もいない。

俺は正体が知れれば即火あぶりだし、ウェンディも実家との仲が悪く助けを名乗り出る者がゼロだからだ。

だからこそ、互いに協力しダンジョンを攻略しようという話になった。

「幸いジョシュアは『吸血』のスキルを得たことで一線級の力を得たわ。メンバーとしては申し分ない水準よ」

「まあ、戦い方はまだ未熟だけれど、そこはパワーでカバーするつもりだ」

そう言いつつ、俺は『吸血』のスキルを得てから計り直した冒険者としてのレベルを開示する。

「さ、三十レベルですか!?」

「凄いですね、この短期間にここまでレベルが上がるとは……」

ローナは驚きのあまり声が上ずっていて、アリンも困惑しているようだ。

確かに、数日と経たない内にこれは驚異的な数字だろう。

ただ、俺の能力はここで頭打ちじゃないのが特徴だ。

なにせ、ダンジョンの中に入れば『吸血』で能力を上昇させられる。

強力なモンスターから『吸血』できれば、四十、五十とさらに強化されていくだろう。

モンスターが強力になっていく限り、俺の強さにも際限がない。

「ダンジョン攻略に関してはかなり恵まれた能力ね。正直羨ましいわ」

「では、お嬢様はジョシュア様と協力されると？」

「ええ、今のわたくしには他に協力する者がいないじゃない」

「確かに、このまま三人だけでダンジョンを攻略することは難しいですね」

三人では先日の十階層か、もう少し行ったところで限界だろう。

時間をかけて成長すればいずれはより深くまで潜れるかもしれないが、そうできない理由もあるようだ。

「あまりのんびりしていると実家から干渉されてしまうわ。連れ戻されて政略結婚の駒になるなんて御免よ！」

ウェンディはそう言うと、アリンたちに視線を向ける。

「わたくしはダンジョンを攻略するわ。あなたたちはどうするの？」

「お嬢様の決定でしたら、私は従います」

「ロ、ローナもそれでいいです……」

アリンはそれが当たり前のように頭を下げた。

ローナもそれに続いたが、彼女は一瞬こちらへ視線を向けてくる。

「うん？」

本当に一瞬だったので、その顔にどんな感情が浮かんでいたかまでは分からない。

それでも何となく嫌な予感がしたので、心に留めておくことにする。

「よし、じゃあこれで四人での再挑戦が始まるわね。出発は明後日、それまで入念に準備しておきなさい！」

こうして、俺たちはまた四人でダンジョンの攻略を目指すことになるのだった。

●　●

パーティー再結成から一週間、俺たちは以前とは比べ物にならないほど順調に攻略を進めていた。

「行くわよ、『ファイアエンチャント』！」

腰のレイピアに炎の魔法を纏わせたウェンディが、ゾンビの群れ相手に切りかかる。

弱点である炎によってゾンビは一突きされただけで燃え上がり、その場へ崩れ落ちた。

「お嬢様、背中はお任せください！」

ウェンディは勢いがよいが、代わりに隙が大きくなりやすい。その背後をアリンがしっかりと固める。こちらは流石の安定感で、近寄ってきたグールの攻撃を反らしカウンターの拳で首をへし折っていた。

「わ、わわっ……『ラ、ライトニングジャベリン』！」

前衛のふたりの頭上をスルーして、吸血蝙蝠の群れがこちらに迫ってくる。

しかし、それらはローナの魔法一撃ですべて消し炭になった。

肝心の俺はというと、遊撃として近寄ってくる敵を排除している。

ウェンディとアリンのように連携はできないし、ローナのような大火力も発揮できない。

しかしレベル相応に身体能力の上がった俺ならば、五月雨的に突っ込んでくるモンスターを相手するのは容易いことだ。剣でグールの首を切り裂き、拳でスケルトンの頭蓋を砕く。

グールや吸血蝙蝠は倒しながら『吸血』し、より能力を高めていった。

現在の攻略場所は地下二十階。

急増の冒険者パーティーは予想以上にうまく機能していると言えた。

「よし、前進止め！　お宝もいくつか手に入ったし、今日はここで切り上げるわよ」

モンスターの襲撃が一段落ついたところでウェンディがそう言った。

俺が背負ったリュックには、先ほど見つけた宝箱から回収した純銀のインゴットが数本入っている。アンデッドに効果のある銀は、シュタインの町では下手な宝石より価値のある代物だ。

今日一日の稼ぎにしては十分すぎるほどだろう。

俺もウェンディの決定に文句はなく、パーティーは地上へ戻ることに。

冒険者ギルドまで戻ると、さっそく受付でインゴットの買取りをお願いした。

査定を待っている間、俺たちはテーブルを囲んで夕食にする。

「今日の攻略はなかなかよかったわ。まだ余裕があるし、この調子でどんどん進んでいきましょう」

ウェンディが、目の前に置かれたステーキを丁寧に切り分けながらそう言う。

隣ではアリンがグラスにワインを注いでいた。

グラスはもちろんナイフやフォークといった食器も作りがよく、ならず者に片足を突っ込んでいる冒険者の本拠地には場違いだ。

これらはアリンがわざわざ、一度宿に戻って持ってきたウェンディの私物だった。

一方の俺たちは所々傷ついたり錆びたりしている食器と木のコップで、ウェンディのプライドの高さに内心呆れている。まあ、ダンジョン内で常に先頭きって戦っているのもウェンディだから、このくらいで文句は言わないが。

「お嬢様、ダンジョン攻略も中盤に差し掛かっています。これからは一層注意されてください」

「言われなくても分かっているわ！　もうミミックに食べられるのは御免だもの！」

少し苛立たし気に言いつつ、切り分けた肉を口に運ぶウェンディ。

彼女は以前のことがよほどトラウマになったのか、宝箱を見つけるとローナに魔法で攻撃を命じていた。運が悪いと宝箱もろともお宝を破壊してしまうが、止めようとしないあたり、よほどミミックが憎いのだろう。

お蔭であれ以来、ミミックの被害には遭っていない。

「一日休憩を挟んで、明後日には再挑戦したいわね。今度は二十五階層くらいが目標かしら」

「休憩は一日じゃなく、もう少し必要なんじゃないか？」

連日のダンジョン攻略で俺たちのレベルは上がっているが、疲労も溜まってきている。

現在のレベルはウェンディが三十八、アリンが四十一、ローナが三十四、俺が三十一だ。

レベル的にはもう完全に中堅冒険者で、三十階層くらいまでは苦戦せずに行けるだろう。

しかし、同時にこの辺りになるとモンスターの数や質も上がってきているため、なかなか思うように攻略できない部分も多い。

最初は一気に十階層まで攻略できていたのも、今では数階層刻みになっている。

「……分かったわ、そうしましょう」

アリンによって差し出されたハンカチで口元を拭き、食事を終えるウェンディ。

宝の買取りは任せるから、何かあれば報告に来て、と言い残して宿に帰ってしまった。

ローナも杖の手入れがあるからとそれに続いて帰ってしまい、残るは俺ひとり。

ゆっくりお茶を飲みながら査定を待っていると、周囲の声が聞こえてきた。

「あの男、例のお嬢様のパーティーだろう？　さっき受付に純銀のインゴットを積んでたぜ」

「確か、一時期お嬢様がミミックに呑まれたとかで話題になってたよな。お貴族様が物見遊山で冒険者をやってると思ったが、もう中層まで潜っているとは、はっきり言って予想外だったぜ」

「ああ。こりゃ、あのとき恩を売っておいたほうが良かったかもな」

「貸しを作れても、俺はあんな偉そうなお嬢様と関わるのは御免だね」

ここ一週間ほどで、冒険者ギルドでの俺たちの扱いも少し変わってきた。

新参者で貴族という腫物を扱うような態度から、冒険者として実績を積んだことでギルドの一員と見なされ始めているんだろう。

それでも、まだウェンディの存在故か接触を敬遠する者のほうが多いけれど。

「ジョシュアさん、インゴットのほうの査定が終わりました」

「やっとか」

俺は腰を上げて受付に行くと、代金を受け取って宿に戻る。

今回の報酬のおかげで、あと一週間はここを使っていられそうだ。

自室に戻ると、インゴットの代金を整理してベッドに寝転がる。

「ふぅ……今夜はどうするかな、気晴らしにウェンディの部屋にでも行くか」

あの夜以来、俺は気が向けばウェンディの元を訪れて体を求めていた。

もちろん彼女は嫌がったけれど、俺だって殺されかけた恨みが完全に消えたわけじゃない。

何だかんだと理由をつけて犯し、嬌声を聞くのが趣味のようになっていた。

さっそく彼女の部屋を訪れるが、どうもいつもと様子が違う。

中に入ってみると、いつもウェンディしかいないはずのベッドにアリンの姿もあった。

「なんでアリンがここにいるんだ？」

「私はお嬢様の侍女ですので、近くに侍(はべ)るのは当然です」

俺の問いかけに毅然とした態度で答える彼女。

後ろのウェンディを庇うような立ち位置で、俺のことを見つめている。

「なんだか気に入らないな」

「そうですか。ですが、もうお嬢様を好き勝手にさせるわけにはいきません！」

「……なるほど、そういうことか」

どうやら彼女は、俺が夜な夜なウェンディを調教しているのを知って、それを止めようとしているらしい。なんとも忠義心あふれる行為だ。

「俺が用があるのはウェンディだ。そいつだって侍女に守られているタマじゃないだろう」

視線を奥に向けると、ウェンディは不服そうな表情をしている。

やはり、彼女のほうからアリンに助けを求めたわけではないようだ。

「どうして黙ってるんだ？　何か言ってみろ」

そう声をかけてみるが、ウェンディはこっちを睨みはするものの口は開かない。

「私からお嬢様に、今夜はことが終わるまで一切口を開かないようお願いしたんです」

「アリンが？」

ウェンディが、俺に挑発されても応えないほど、アリンのお願いを優先するとは。

それだけ彼女は、アリンのことを信頼しているということだろうか。

高慢な貴族は使用人に嫌われているイメージがあったので、内心かなり驚いている。

「あなたがお嬢様に恨みを持っているのは分かります」

「なら、そこを退いてくれ。俺はウェンディほど、あんたを憎んではいない」

俺が見捨てられそうになったときに、ウェンディへ進言して考え直させようとしたことも覚えている。主人のためとはいえ、最初に頭を下げたのもアリンだった。

だから、彼女までもウェンディと同じように辱めようとは思っていなかったのだが……。

「しかし、長年お嬢様に仕えてきた侍女として、この状況は看過できません。罰として純潔を奪うのはまだしも、夜な夜な辱めるようなことを行うなど！　さすがに行き過ぎではないのですか？」

「……もし俺に吸血鬼の血が流れていなければ、もしあそこで偶然にもグールの血を摂取しなければ、俺は生きたままグールに貪り食われていたんだ。そのときの恐怖と苦痛を、そう簡単に忘れられると思うか？」

いくら貴族の多少の横暴は見逃されるのが世の常とはいえ、当事者からしたらたまったものではない。

しかも、『吸血』スキルに目覚めてしまったせいで、ダンジョンを攻略しなければ安心して暮らせなくなってしまった。それらの原因はすぐ目の前にいるウェンディなのだ。

もう後戻りできない状態な以上、その罪は体で支払ってもらうほかない。

俺が自分の主張をすると、アリンは小さく頷く。

「あなたがお嬢様に深い恨むを抱くのはわかります。ですが、どうか手荒な真似は止めていただけないでしょうか？　その代わり、私の体を差し出します。丸裸にしてダンジョンへ放り出してくださっても結構です」

「な、なにっ!?」

いきなりの提案に思わず驚いてしまう。

そんな俺に対して、アリンはベッドを降りて近づいてきた。

「私なら何をされてもかまいません。なので、どうかお嬢様のことは……」

そう言いながら、すぐそばまでやってきた彼女は体を押しつけてくる。

手が俺の腕を掴み、豊満な胸が胸板に当たって潰れた。

「うぉ……」

パーティーの女性の中でも特に大きな爆乳の感触に、思わず声が出てしまう。

その質量故にしっかり存在感を示しながら、こちらに合わせて変形する柔らかさ。

もし手で味わったらどれだけ気持ちいいのかと、反射的に腕が動いてしまった。

腕が腰に周り、もっと彼女を抱き寄せる。

「あ、んっ！　ジョシュア様、意外と大胆ですね？」

「いや、これは思わず……」

とっさに離れようとしても、なかなか腕が動かない。

まるで本能が、今すぐ目の前の女を犯せと言っているようだった。

「それでいいんです。私がお嬢様の代わりになれるなら、それ以上喜ばしいことはありません」

本能と理性の間でどうするべきか困惑していると、アリンは笑みを浮かべてそう言った。

「お願いします。怒りも欲望も、どうか私にぶつけてください」

「う……」

ここまではっきり言われてしまうと、無視することはできない。

「こんなことされても、俺にとってはあくまで代償行為だぞ」

「それでも構いません。私も勝手にやっていることですので」

「なら、こっちも勝手にやらせてもらおうか」

俺は彼女の腰を抱いたままベッドまで移動し、その体を押し倒した。

「きゃっ……んっ！」

まず、ベッドの上に横になったアリンの胸に手を伸ばした。

「さんざん、これで挑発してくれたな」

侍女服の前を引っ張ると、たわわな乳房がすぐに露になった。

正面から鷲掴みにすると、手のひらいっぱいに柔らかい感触が広がる。

「んぁ、はぁっ……触り方がいやらしいですっ……」

「感じさせるためにやってるんだからな」

ウェンディと行為を重ねている内に、愛撫の仕方にも慣れてきた。

相手の反応を見ながら、もう一方の手を秘部へ持っていく。

「あぐっ!?　そ、そこも……」

すると、アリンは顔を赤くして驚いたような表情を見せた。

「どっちかというと本命はこっちだからな。……しかし、その反応はまさか処女なのか？」

以前はされるがままにパイズリ奉仕されてしまったし、なかなか上手いように思えた。

なのでこっちも経験豊富かと思っていたけれど、どうやら勘違いだったようだ。

「わ、私のすべてはお嬢様に捧げていますので。ん、くぅ……あふ、はぁっ！」

「見上げた忠誠心だな。どうすればそこまで、あのわがままお嬢様に付き合えるんだか」

俺から見てもアリンは優秀な侍女で、ウェンディにはもったいないように思える。

通常の侍女としてはもちろん、魔法が使えないにも関わらず、パーティーの中で誰よりも高いレベルを持っているんだから。

すると、アリンは俺を見上げて、身の上を話し始めた。

「私は元奴隷で、はした金で使い潰されそうになっているところを、お嬢様に救っていただいたんです」

「へえ、ウェンディが……」

確かに貴族が奴隷を買うことは珍しくない。

この国では、犯罪者や自力で生活していけなくなった者が身売りしたりで、奴隷の存在は一般的だ。ただ、例外はあるものの全体的にその地位は低く、ウェンディも手酷く扱っていたのかと思ったが……アリンの様子を聞く限り、どうやらそうでもないようだ。

「なかなか興味深いな」

俺は愛撫を続けつつ、話の先を促す。

「最初はお嬢様が興味を示して、遊び相手としてお屋敷に連れていかれました。大人たちはわがままなお嬢様が使い潰してもよい相手として拾ったつもりだったようで、実際色々と振り回されてしまいました」

「ただ、無事ここにいるってことは潰れなかったんだな」

「はい。予想以上に私の体が丈夫だったようで、それに注目した伯爵様によって奴隷から解放され、護衛となれるよう教育していただきました」

なるほど、見た目からは想像もできない強さは、武闘派として有名な伯爵の騎士に鍛えられたからか。

「幸いそちらのほうの適正もあったようで、一時は伯爵家の騎士団に入らないかとお誘いいただいたこともありましたが、結局は自分をあの場所から引きあがて下さったお嬢様のお役に立つために傍にいることにしたのです」

「騎士団に誘われたって？　そりゃ凄いな。しかもそれを断ってウェンディに仕えるとは」

彼女がアリンをここまで信頼している理由が分かった。

いくらわがままなウェンディでも、出世の道を断ってここまで自分に仕えてくれる人間を無下に扱う訳がないか。そんなことをするほど馬鹿なら、魔法学園を卒業できるはずもない。

あそこは、実家のコネや戦いの強さだけで卒業できる場所じゃないからな。

「私にとってお嬢様は全てです。なので、お嬢様への怒りはどうか私へ向けてください」

「見上げた心がけだな。でもそのお願いは飲めない。ウェンディ本人に反省してもらわなきゃ、こっちの恨みも晴れないからな」

俺はそう言いつつも、愛撫をしている手は止めない。

せっかく体を差し出すというのだから、存分に味わってやろう。

「話の途中はずっと我慢していたみたいだけれど、もうかなり感じているみたいだな」

股間に移動させた手は、あふれ出た愛液でドロドロになっていた。

「くっ……あふ、ひゃうんっ！」

指先を膣内に入れて動かすと、アリンの口から嬌声が上がった。

「いい声だな、もっと聴きたくなるよ」

普段クールな彼女が乱れている姿を見て、俺も興奮してきた。

「さて、もっと乱れさせてやろうかな」

俺は前のめりになると、首筋に口を寄せる。

「っ⁉　そ、それはっ……」

すると、それに気づいたアリンが怯えたような表情をする。

「なんだ、魅了されて気持ちよくなるのは嫌か？　だったら『吸血』だけで勘弁してやる。これは処女の内にやらないと、意味がないみたいだからな」

「あっ……んぐっ！」

俺はそのまま首筋に噛みつくと、あふれ出てきた血を『吸血』した。

「お、おお……これは……!!」

すると、前回ウェンディを『吸血』したときとも、遜色ないほどの高揚感に見舞われる。

体の奥から力が湧き上がってくるようで、テンションも上がってしまった。

「ふふっ、これは最高の気分だな！」

「くっ、はぅ……ジョシュア様に喜んでいただけたようで、良かったです」

「アリンはどこまでも生真面目だなぁ。まあ、すぐに善がらせてやるさ」

この侍女をこのままにしておくものか。

絶対に乱れさせてやると心に誓う。

「さて、あとは処女を奪えば、この力もアリンも俺だけのものだな」

ウェンディのときは俺が主体となったけれど、今回は少し変えてみよう。

「アリン、まだ動けるだろう？　俺の上に乗って自分で処女を捧げるんだ」

「ッ！　……わかりました」

俺の言葉に流石の彼女も一瞬言葉を詰まらせたものの、やはり拒否することはなく頷く。

「〜〜〜ッ!!」

ウェンディのほうをチラリと見ると、彼女は強い敵意を持って俺を睨みつけてきた。

腹心の臣下が目の前で純潔を散らされる。

主人としては我慢ならない事態だろう。だからこそ俺はこの方法を選択したんだから。

「じゃあ、やってみてくれ」

俺はベッドに横になり、アリンの動きを眺める。

彼女は愛撫の影響かわずかによろめきながらも、体を起こした。

そして、ゆっくり俺のほうへ近づいてくると腰の上にまたがる。

「はぁ、はぁ、はぁ……」

なんとか興奮を抑え込もうとしているようだけれど、こっちからすれば丸わかりだ。

乳首は硬くなっているし、秘部からは愛液が漏れ出ている。

それでも俺に言われるがまま、自分で処女を捧げようとしていた。

「それでは、ご奉仕させていただきますね？」

「ああ」

俺が短く答えると、彼女はM字開脚するように足を広げて両足でベッドに踏ん張り、腰を持ち上げる。この状態だと濡れた秘部が丸見えになって、かなり恥ずかしいはずだ。

けれど、彼女は気にすることなく片手を動かして肉棒を膣にそえる。

「いきます……んっ、くはっ！」

そのまま、彼女はゆっくり腰を下ろし始めた。

肉棒が膣内に入り込み、どんどん奥に進んでいく。

アリンは少し苦しそうな表情になりながらも腰を止めず、そのまま一気に挿入しきってしまった。

「はぐっ、はぁっ……ぜ、全部入りましたっ……」

息を荒くしつつ、こちらを向いた目は若干潤んでいた。

それと合わせて、ふたりの結合部から赤いものがにじみ出てくるのが分かる。

「これでアリンの純潔は俺がもらったことになるな」

「はい。ですが、まだご奉仕はこれからです」

「なるほど、さすがに強いな。お手並みを見せてもらおう」

アリンは頷くと、両手を俺の体の横に置いて前のめりになる。

その状態で、足を動かして腰を上下に大きくピストンし始めた。

「ぐっ⁉　最初からこの調子とは……！」

普通騎乗位だと、膝から下をベッドにベタっとつけて腰を動かす。

そのせいで、意外と上下には動きづらいものだ。

けれど、今のアリンの体勢だと足の裏をベッドにつけているので、足のバネ全体を使って腰を上下に動かせる。おかげで動きも大きくなって、膣内で肉棒の隅々までが刺激されてしまった。

「ご満足、いただけていますか？　んはっ、はぁはぁ……ふぅっ！」

「ああ、これは予想以上だな」

「よかったです。少し恥ずかしいですが、こうした甲斐がありました」

彼女はそう言うと、額に汗を浮かべながらもピストンを続ける。

ただ、動きは大きいものの速度はそれほど速いわけではない。

どこか躊躇しているというか、激しくすることを避けている気がする。

我慢強いアリンとはいえ、処女喪失のダメージを完全に押し殺せる訳ではないようだ。

とはいえ、俺も普通に気持ちいいので不満はない。

「なかなか具合がいいし、このまましばらく楽しませてもらうとするかな」

そう言っている間にも、俺の目を引いたのは大きな胸だ。

ウェンディと比べても一回りは大きく、爆乳と言ってよいサイズのそれが、ピストンに合わせてゆさゆさと揺れている。

まさに眼福だ。個人的に胸は大きいほうが好きなので、趣味にも合っていた。

反射的に手が伸びそうになってしまったけれど、それを抑える。

せっかく向こうが動いてくれているのだから、今は目で楽しむことにした。

手で触れて感触を味わうのは、さっきもやったからな。

「んん、はぁ、ふぅっ……ひぁ、きゃうっ！」

順調に腰を動かしているアリンだけれど、時折肉棒が予想外の動きをするとその刺激で声が漏れる。普段凛として、ウェンディの後ろに控えているだけに、その表情がゆがむと興奮が煽られる。

膣肉に包まれる刺激はもちろん、相手の表情を楽しむのもよいものだと分かった。

「アリン、そろそろ慣れてきたか？」

「はい、なんとか……しかし、んんっ！　この刺激は予想以上です」

アリンは俺の問いかけに答えつつ、自分で動いて興奮を強めていっているようだ。

室内に響く嬌声もだんだん大きくなっていく。

それに合わせて俺に与えられる快感も大きくなっていき、熱いものが腰の奥からこみあげてくる。

しかし、アリンは慎重なのか、自分をコントロールできる範囲でしか気持ちよくならないように気を付けているらしい。それでは、俺がなかなか満足できなかった。

「アリン、もっと腰の動きを激しくするんだ」

「こ、これよりもっと激しくですか？」

彼女は躊躇するように視線を送ってくる。

しかし、俺も正面から見つめ返して頷いた。気持ちいいことは気持ちいいが、どうにも中途半端

だ。向こうから誘ってきたんだから、最低限は満足させてもらう必要がある。

「力をセーブしてるのは分かってるんだ。もう少し大胆になってくれよ」

「分かりました……はっ、ふっ……んぐっ、んんっ！　こ、このくらいの速さでいかがでしょうか？」

指示どおり腰振りの速度を上げたアリンを見て、俺は満足気にうなずく。

「ああ、ちょうどいい。いい具合にしごかれて最高だ。それに、アリンも気持ち良くなってるみたいだし」

「ッ！　どうか、私のことはお構いなく」

自分が感じていることを指摘され、彼女の頬が赤くなる。

「ご主人様の見てるところで喘ぐのは、恥ずかしいって？」

「それはっ……んっ！　はっ、んぐううっ！」

あからさまな嬌声を上げないよう耐えながら、腰を振り続けるアリン。

とはいえ、声を出さないよう集中しているせいで、腰の動きとともに大きく揺れる爆乳や、結合部から響く水音までは隠せていない。

俺は自分が確実に目の前の美女を善がらせている事実に満足しながら、トドメを刺すため腰を突き上げる。

「そらっ、我慢できないんだろう？　このままイっちまえ！」

「ひぐっ……ひゃ、あううぅぅぅっ！」

アリンは必死に我慢しようとするけれど、ここまでため込んできた興奮は容易に抑えきれない。

その上、俺の刺激で火がついて、一気に燃え上がった。

「ひぃっ！　だめっ、イキますっ！　イクッ、イクッ……ひゃっ、あああぁぁぁぁああっ！！！」

彼女の絶頂と共に、俺も肉棒を奥まで突き込んで射精した。

頭の中が一瞬真っ白になるような快感と共に、彼女の中を犯す白濁液が吹き上がる。

「はぁっ、はふぅぅっ！　熱い精液、たくさんなかに入ってきますっ……くっ、ひぃぃぃぃ！」

アリンはドクドクと中出しされながら絶頂の刺激に全身を犯され、とてもまともな思考が出来ていないようだった。

背筋を反らして大きな胸を揺らし、恥ずかしい姿を目いっぱい晒してガクガク震えている。

とても普段の彼女とは思えず、だからこそ俺も興奮してしまった。

「くっ……はぁ……」

やがて絶頂の波が治まると、アリンは後ろに倒れるようにしてベッドへ座り込む。

「す、すみません……足に力が入らず……」

「いや、大丈夫だ」

俺も体を起こすと、彼女の背に手を回して支える。

すると、アリンは少し不安そうな目で見つめてきた。

「あの、ご満足いただけたでしょうか？」

「もちろん満足したさ。あれで足りないと言えるほど傲慢じゃないつもりだぞ」

そう言うと、彼女は安心したように息を吐く。

「だからと言って、ウェンディへの恨みが消えたわけじゃないが」

「それは承知していますが、どうか酷いことはなさらないでください。ウェンディ様は気丈な方で弱みを見せませんが、それは痛みを感じていないということではないのです」

「……まあ、何かするときはアリンの顔を思い出すようにしよう」

「ありがとうございます」

こうして俺たちの会話が一段落すると、その瞬間それまで黙って事態を観察していたウェンディが立ち上がった。

「アリン、もう喋っていいわね!? 人のことをさんざん好きに言ってくれちゃって!」

ベッドの奥にいた彼女は、まくしたてるように言いながら近づいてくる。

「なんだ、今度はお前が相手してくれるのか?」

突然大きな声が響いて驚いたものの、ある程度予想はしていたので平静に返す。

「上等だわ!」

「お、お嬢様!?」

俺の挑発に軽く乗ってきたウェンディに対し、さすがのアリンも目を丸くしている。

まあ、自分の純潔を捧げてでも守ろうとした主人がこれじゃあ、呆れるのも無理はない。

「いい加減、黙って見ているのは我慢できなかったのよ! よくもジョシュアの分際で、わたくしの臣下を好き勝手にしてくれたわね!」

「ほう、言うじゃないか」

「当たり前よ。最初はわたくしとあなたの間のことだったのに」

とはいえ、アリンのことを思ってのようなので、今までのわがままとは少し違うか。

自分のせいでアリンまで巻き込んで、少しは罪悪感を抱いているというところかな。

どちらにせよ、俺にとってやることは変わらない。

「そんなに犯されたいなら犯してやるよ」

幸いさっきはアリンのほうが動いてくれたおかげで、体力は有り余っている。

ウェンディ相手に連戦するくらいは無理じゃない。

ただ、そこにアリンが割り込んできた。

「私こそ、目の前でお嬢様が犯されるのを黙って見てはいられません！」

「さっきの仕返しのつもりか？　やるなら受けて立つぞ」

そう言うと、彼女たちは揃ってこっちを見る。

「ふん、ふたりがかりなら、いくらあなたでも敵わないでしょう！」

「お嬢様、あまり調子に乗られると……」

「アリンはわたくしの言ったとおりにすればいいのよ。ほら、下になりなさい！」

「は、はい……ん、きゃっ！」

ウェンディはアリンの服に手をかけると、全裸に剥いてベッドに押し倒す。

さらに自分も一糸まとわぬ姿になると、彼女の上で四つん這いになった。

「さあ、いらっしゃい。骨抜きにしてあげるわ！」

今、俺の目の前には、ふたりの健康的なお尻が上下に重なって並んでいる。

これを好き放題に出来ると思えば悪い気はしない。

「主従合わせて可愛がってやるよ」

笑みを浮かべると、さっそくウェンディの尻を両手で掴む。

それだけじゃなく、そのままグニグニと尻肉ごと揉みしだいてやった。

「ひゃっ!?　さ、先はわたくしということかしら？」

「いや、尻の感触を楽しんでるだけだ。第一、まだ濡れてないだろ」

俺はそう言うと、復活した肉棒をアリンのほうへ押しつけた。

「あぅ……ジョシュア様、私はもう……ひうっ!?　くっ、あんっ、ひぃんっ！」

アリンが一瞬何か言おうとしたけれど、俺は容赦なく犯しにかかった。

先ほどまで俺の肉棒をしごいていた膣内を、今度は俺の意志で犯していく。

立場が逆転したことで混乱しているように、アリンの体がビクついた。

ただ、俺にはちょうどいい刺激だ。

「おっ？　ふふ、いい具合じゃないか、セックスにも慣れてきているみたいだしな」

「そ、そんなに激しくされては……あぁっ！」

俺が腰を動かすたび、アリンの口から嬌声が上がる。

直前まで俺を受け入れていた膣内は柔らかく、感度も良好で楽しみ甲斐があった。

「このまま、中に出したものごとかき回してやる」

先ほどの精液と新たに分泌された愛液が混じり合い、膣内はドロドロになっていた。

そこへ肉棒がさらなる刺激を与えて、アリンを追い詰めていく。

「はぐ、はぁはぁ……んぐぅっ！　お許しください、これ以上は無理ですっ！」

与えられる刺激が強すぎるのか、悶えながら声を上げるアリン。

興奮をコントロールできずに息を荒くし、涙目になってしまっている。

「ア、アリン……こんなに乱れて……」

間近でその様子を見せつけられているウェンディも、普段見ない従者の姿に困惑しているようだ。

こうしてベッドの上で体を合わせるのは、初めてだろうしな。

「流石に、処女に連戦は厳しいか」

このまま潰れてもらっても困るので、一度、アリンから肉棒を引き抜く。

そして、濡れたそれをすぐ上にあるウェンディの秘部に押しつけた。

「ひゃうっ!?　これ、アリンの中に入ってたものが……」

「ああそうだ、これからふたり並べて一緒に犯してやるからな」

そう言いながら、肉棒を動かして擦るように秘部を刺激する。

すると、ウェンディの体は俺の動きに合わせてヒクヒクと震えた。

「はふっ、はぁっ……ひんっ！　硬いのがヌルヌル動いてるっ……！」

彼女はその刺激によく反応しているように見えた。

「なんだ、もう感じているのか？」

見間違えではないと思うが、どうやらウェンディも濡れているらしい。

新しいぬめりと、温かさを感じる。

「はっ!?　わ、わたくしが、そんなはしたない訳がないでしょう！」

「でも、こっちの準備は整っているみたいだけどな。俺とアリンのセックスを見て興奮していたんじゃないか？」

俺がそう言うと、ウェンディは恥ずかしがるように顔を赤くした。

「心配せずとも可愛がってやるよ。あまりいじめないよう、アリンにお願いされたしな」

俺はウェンディのお尻をゆっくり撫でると、徐々に腰を動かして肉棒を挿入していく。

「あぐっ、んあっ……はぁ、ふぅっ……んんっ！」

「おお、やっぱり十分濡れているじゃないか」

アリンとの結合で纏ったぬめりを頼りに、奥へ奥へと進んでいった。

すると、予想どおりたっぷりの愛液で濡れた膣奥が出迎えたのだ。

「口ではなんと言っていても、体は正直だな。俺のを奥まで飲み込んでるじゃないか」

「あなたが無理やり入れてくるからっ……きゃう、ひんっ！　また奥までぇ、あひゅうぅぅっ！」

肉付きのいいお尻を腰で押しつぶすほどに挿入すると、甲高い嬌声が上がった。

最奥の子宮口を刺激された彼女の体は、すぐ反応して肉棒を締めつけてきた。

「くっ、やはり気持ちいいな」

ウェンディの膣内は、俺が入ってくると一斉にギュウギュウ締めつけてきた。

まるで我の強い彼女の性格そのもので、俺を早くイかせようとしている。

「なかなか積極的じゃないか。この反応が素直なところは好きだな」

「あなたに好きになられても嬉しくなんかないわ！　くっ、はうっ……んぁ、ひぃんっ！　お腹の奥、持ち上げられちゃう……ッ！」

キャンキャンと喚くウェンディを激しいピストンで黙らせてやる。

ベッドの上ではこういう実力行使が楽でいい。

「濡れ具合もだんだんよくなってきてるな。外まで溢れてる」

肉棒が前後するたび、膣内から愛液がかき出されていた。

漏れ出た愛液は糸を引きながらベッドに落ちて、その様子がすごくいやらしい。

腰を打ちつける度にその量が増えていくから、ウェンディを感じさせているのを実感できた。

「はぁはぁ、あひぃ！　はぁ、くぅぅ……わたくし、このままではっ……」

激しいピストンに体を揺らされながら、シーツを鷲掴みにして堪えようとしているウェンディ。

しかし、俺はそんな彼女に追い打ちをかける。

「そらっ、もっと気持ちいいところを突いてやるよ。我慢なんてさせてやらないからな！」

「なっ……ひぐぅぅぅ!?」

肉棒を一度大きく引いて、続けて勢いよく前進させる。

肉ヒダをかき分けながら、子宮口周辺の壁を突き解していった。

「あうっ、そこだめぇ！　わたくしの大事なところをっ！」

「大事なところだからこそ、俺が責めてやらないとなぁ」

責めを激しくするとその分ウェンディの反応も大きくなるので、つい勢いに乗ってしまう。

そんなとき、俺の動きを制するようにウェンディの向こうから声が聞こえた。

「お嬢様ばかり犯すのは、約束が違いますよジョシュア様」

「アリンか……なら、望みどおりやってやるよ！」

ウェンディの中から肉棒を引き抜くと、今度はアリンの中へ。

「あひぅっ！　あぐっ、はぁぁっ……！」

肉棒を奥までしっかり挿入し、そこからズンズンと深いピストンを見舞う。

「ほら、今までウェンディの中をかき回してたもので犯してやってるぞ！」

「ううっ、さっきより大きいです……はぐぅ！　ひゃっ、はぁっ……気持ちいいっ！」

アリンもだいぶ快感にやられているのか、反応はとてもいい。

少し奥を小突くだけで、いやらしい声を漏らしている。

ウェンディ越しに見る顔も、与えられる快楽に蕩け切っていた。

さっきの言葉も、主人を守る気持ちはもちろん、純粋に俺に犯されたいという欲が混じっていたんだろう。

「もっと素直に喘がせてやるぞ……」

「あう、はぁっ！　お嬢様っ……あひぅ、ひぃぃんっ!!」

「ひん、きゅぅぅっ！　だめっ、またこっちに……ぅぁっ、はひゃあぁっ！」

ウェンディとアリン、ふたりの中をいきりたったもので犯しつくす。

どちらも普通ならば手が届かないような美女だ。

それをこうして一緒に抱いているんだから、男としての興奮は最高潮だった。

「ひぃ、はぁ、ふあぁぁっ！　だめっ、こんなの我慢できないっ！　イクッ、もうイクッ!!」

最初に根を上げたのは、意外にもウェンディのほうだった。

「意外だな、プライドの高いお前は最後まで我慢するかと思ってたが」

「だ、だって気持ちいのが止まらないのよっ！　こんなの、絶対我慢できないっ……ひゃうっ、ひいいぃぃいんっ!!」

それに合わせてか、アリンの膣内も突き込んだ肉棒をギュッと抱きしめてきた。

「私も、もうっ……ふぐっ、あんっ！　ジョシュア様、お願いします！　どうかお嬢様と一緒にっ！」

「アリンはどこまでも忠義者だな。けど、本心では俺に思いっきり犯されたいだけじゃないのか？」

「そんなことは！　そんな、ことはぁっ……ひぁっ！　くっ、はひゅぅっ……!!」

グイグイと肉棒を奥に押しつけてやると、それだけで力が抜けたような甘い声を漏らす。

「心配しなくても、ふたり一緒にイかせてやる。さあ、限界まで乱れろ！」

ラストスパートとばかりに腰を激しく動かしながら、両手も使ってふたりを責めつくす。

胸に手を伸ばして乳首をつまんだり、股間に手を入れてクリトリスをなでたり。

ふたりの敏感な部分を愛撫して、一気に絶頂へと押し上げる。

「さあ、イけっ！　主従揃ってイキ顔を晒してみろっ！」

そう言いながら交互に、彼女たちの膣内深くに肉棒を突き立て、順に中出しした。

「あひっ、あああぁあぁあぁっ!?　くるっ、熱いのきて……あぁっ、イクッ、イックウウウウウッ!!」

「だめですっ、くうっ、お嬢様っ！　私も一緒に……ひぎっ、くっ、あううぅうぅうぅっ!!」

ウェンディとアリンは互いに抱き合い、そのまま激しく絶頂した。

「うっ、ぐっ……はぁっ！　ひぅ、ふぅ、ふぅぅ……」

想像以上に強い快感に見舞われ放心状態になっているウェンディ。

「お嬢様、大丈夫ですか？　お嬢様……んっ、ジョシュア様、これ以上はお許しください……」

そして、そんな主人を心配しながら守るように、アリンは腕を回して抱きしめていた。

もちろん、視線は俺に向けられている。

「まあ、今夜は満足させてもらったしな」

アリンとの一回戦目に、ウェンディを加えての二回戦目。

体力には問題なくとも精力は流石に衰えつつあった。

「今日はこれくらいにしておこう。明日は休みだし、十分体力も回復できるだろうからな」

「そうですね、お嬢様は私がお世話しますので」

俺の言葉にアリンもそううなずいたので、立ち上がって部屋を後にするのだった。

●　●

俺とウェンディたちの、間に隔たりのある関係はなかなか変わらない。

けれど、そういった状況でもダンジョン攻略は順調に進んでいった。

前衛の壁役であるウェンディとアリンに、後衛で火力担当のローナ。

それに遊撃の俺を合わせた四人パーティは徐々に連携を深め、ダンジョンの三十階層にまで至っていた。

ここまで来ると、そろそろ中堅からベテランへと評価が変わりつつある。

と言っても、俺たちはまだ『死徒のダンジョン』に来てから一ヶ月ほどしか経っていない。

それでここまで攻略を進めるのは、過去に例のないことのようだった。

最近では俺たちに好意的な冒険者パーティーも増えていて、情報交換などもしている。

そういうときに表に立つのは、俺の場合が多い。

ウェンディはトラブルの素だし、アリンはそのウェンディの臣下だからパーティーを代表する立場にはない。

ローナはコミュニケーションが苦手だし、消去法で俺になる。

結果、シュタインの町でも俺は少し知られた冒険者になりつつあった。

「エミリーちゃん、練習場の使用許可を頼むよ」

冒険者ギルドのカウンターで、顔なじみになった受付嬢に声をかける。

「ジョシュアさん、今日も特訓ですか？」

「そうだ。流石に三十階層を超えると、今までのようにはいかなくて。特訓が必要だと痛感したよ」

受付嬢の質問に、苦笑いを浮かべながらそう返す。

ウワサでは全五十階層からなるという『死徒のダンジョン』だが、三十階層からは明確に実感できるほど難易度が上がった。

モンスターそのものの強さはもちろん、一部は同種同士で連携して襲い掛かってくる。

今まで以上にパーティーの息を合わせないといけないのだが、俺たちは即席パーティーだ。

高度な連携をしようとすると、どうしても特訓せざるを得ない。

ということで、ギルドの所有する練習場の使用許可を取りに来たわけだ。

「ええと……幸い今日は予約がないので、すぐ使えますよ」

「おお、それは助かるな。じゃあさっそく借りようか」

三時間の予定で借りることにし、料金と引き換えに鍵を渡される。

それから外で待っていたウェンディたちと一緒に練習場へ向かい、さっそく連携の特訓をすることに。

練習場はなかなかの広さで、冒険者が全力で動き回っても問題ない。

「じゃあ、まずは基本的な復習から。三十階層のスケルトンたちを想定して行うわよ」

ウェンディが方針を決め、それに従って動き始める。

ダンジョンも深くなってくると、ただのスケルトンとはいえ油断禁物だ。最低でも五体以上で現れるし、中にはより強力なスケルトンナイトやリッチに率いられた集団まである。

今回はスケルトン七体に加えて、スケルトンナイトとリッチがそれぞれ一体ずつと仮定する。

これほどの敵に出くわせば、快進撃を続けてきたパーティーといえども苦戦してしまうだろう。

「アリン、援護して！　ローナは右の三体を殲滅して、ジョシュアはわたくしたちの背後を守りなさい！」

ウェンディの号令と共に全員が動く。

相手は人型を模した案山子だけれど、練習の標的としては十分だ。

ウェンディが最初の一体を突き倒し、アリンがすぐ横に並んで二体を殴り倒す。

続いてローナが詠唱を終え、ウェンディたちの間合いからは遠い三体のスケルトンを雷撃で打ち倒した。

さらに、ふたりが取りこぼした敵を俺が剣で切り倒す。

「よし、いい調子だな」

アリンの処女の血を『吸血』してから、俺の能力はさらに上昇した。

ただでさえ剣士として優秀なウェンディの血に、名門の伯爵家が欲しがったほどの力を持つ格闘家の侍女の血。二つが合わさり、もはや単純なパワーとスピードではパーティー内では断トツだ。

しかし、力だけもらっても、使い方が上手くなければ意味がない。

ウェンディやアリンと一対一で練習することもあるけれど、体捌きや相手の隙を見つける判断力は彼女たちのほうが上だ。

結局、この能力を生かすには遊撃が一番いいらしい。

前衛と後衛の中間にいて、彼女たちが苦戦しそうなら剣を振るって援護する。

そうすれば三人も憂いなく戦えて、パーティー全体の戦闘力が上がる寸法だ。

「まさか、俺があいつらを助ける立場になるとはな……けど、それが一番有効なら受け入れるだけだ」

すべては、俺の身元がバレても降りかかってくる火の粉を払えるようにするため。

吸血鬼の血が混じっている俺には、冒険者として名声を得るしか安心出来る方法はないんだ。

「はあぁぁぁぁっ！　くらいなさいっ！」

そうこうしている内に、ウェンディがスケルトンナイトを模した案山子を両断していた。

その隣では、アリンがリッチを模した案山子を正拳突きでへし折っている。

自分の仕事が終わったローナは、一息つきつつもきちんと周りを警戒していた。

「まああの動きね。でも、まだ無駄が多いわ。特にジョシュア！　あなた、剣が大振りすぎるのよ！」

「俺はこのダンジョンに来るまで、まともに剣を握ったことすらなかったんだぞ？　ちゃんとモンスターを倒せるようになっただけでも、上出来だと思ってほしいな」

「深い階層では、それじゃあ足りないわ。わたくしたちはダンジョンを完全に攻略するのよ！　そこに立ちはだかるのはボスだわ」

ウェンディはそう言うと、俺に向かってレイピアを構えた。

「はっ？　な、なにをするつもりだ!?」

きらりと光る剣先を向けられ、思わず狼狽してしまう。

「これからわたくしとアリンで、あなたに特訓してあげるわ。せめて、スケルトンナイトを一対一で楽に斬り伏せるくらいの技は身に着けてもらうわよ！」

「ちょっと待ってくれ、だからっていきなり剣を向けるなんて……うおぉぉっ!?」

俺が話し合いをしようとすると、レイピアが鋭く突き出された。

なんとか咄嗟に避けることができたけれど、『吸血』で能力が向上していなければ胸に直撃していたコースだ。

「お、おいっ！　急に何するんだ！」

「ふん、意外と動けるじゃない。これなら実践しながら教えたほうが早そうね」

「このっ……なあ、アリン」

俺はわがままお嬢様から視線を離して、常識人な侍女のほうへ顔を向ける。

しかし、爆乳侍女は首を横に振っていた。

「申し訳ありませんが、ご辛抱を。ダンジョン攻略のためには、ジョシュア様が剣技を身に着けることが必要です。お嬢様と私がつきっきりでご指導させていただきますので、頑張ってください」

「ほ、本気か？　いや、理屈は分かるが……うおっ、また！」

レイピアの刺突を転がって避けると、ウェンディが俺を見下ろして笑った。

「とりあえず、今日はわたくしの攻撃速度に慣れてもらいましょうか。これが見切れれば大抵の攻撃には対処できるもの」

「わっ、くっ……このっ！　特訓とか言いながら、本気で刺しにきてるだろ、お前!!」

「あら、これも必要なことよ？　けして、ベッドの上での仕返しとか、そういうことじゃないもの。ふふふふっ！」

「こいつっ！　くっ……おおおおぉぉっ!!」

言いたいことはいくつもあるけれど、ダンジョン攻略に必要と言われてしまうと無理に否定もできない。

俺はそれから数日間、ふたりによってみっちり特訓を受けさせられることになった。

ただ、この特訓で俺の能力がまた上がったのは事実だ。

今までは『吸血』で得た能力の高さでがむしゃらに動いていただけだけれど、体の動かし方や剣の正しい使い方を学んだことで、より効率的に動けるようになっている。

さすがに長年技を磨いてきたふたりのレベルには届かないが、素の能力の高さを鑑みればいい勝負ができるほどだ。試しにダンジョンの浅い場所でスケルトン相手に実戦してみても、前との違いが明確に実感できる。

「おぉ……これは、予想以上の効果だな……」

目の前でバラバラに解体されたスケルトンを見て、俺は小さく笑みを浮かべた。

「相手の動きがよく見えるし、剣も前よりスイスイ動く。こりゃ気持ちいい」

「だからと言って調子に乗ったら簡単に死ぬわ。ここはダンジョンだもの」

「さすが、ウェンディは一度死にかけたからか、実感が籠っているな」

「この……わざわざ特訓してあげたんだから、素直に感謝しなさいよ」

「おふたりとも、そろそろ地上に戻ってはいかがでしょうか？　料理にも多少心得がありますので、夕食には皆さんのお好きなものを作りますよ」

俺とウェンディの仲は相変わらずだが、とりあえず手が出ないだけ改善したと言えるだろう。

少なくとも、パーティーとして互いに背中を預けることが出来ているだけでも大きな進展だ。

いちいち本気になって衝突していては、ダンジョン攻略がおぼつかないのも互いに理解している。

アリンもそんな俺たちの間に入って、よく仲裁してくれている。

コミュニケーションが取れている分、関係は良好だと言えるだろう。

ただ、少し問題なのがローナに関してだった。

「ローナは夕飯は何がいいんだ？　アリンが好きなものを作ってくれるらしいぞ」

「ひゃうっ!?　あ、あの……ロ、ローナはいつものパンとスープで結構です……」

彼女はそう言うと、顔を伏せて小さくなってしまった。

ローナは最近あまり俺とコミュニケーションを取りたがらない。

彼女は俺が置き去りにされたときも、その場にいた人間だけれど、ウェンディに逆らえる立場でないのは分かっていたからそれほど恨みはない。

けれど、どうやら向こうは俺に対して苦手意識を持っているようだ。

しかも、最近はそれがよりひどくなっている気がする。

「そうか、何かあったら俺じゃなくてもいいから言ってくれよ」

「……分かりました」

話しかければ返事はあるけれど、どうもよそよそしい。

少し不安に感じるけれど、俺にはどうしようもなかった。

ただ、今日はいつもと少し様子が違った。

夕食の準備があるからとアリンが先に帰り、ウェンディもそれについていく。

ひとり冒険者ギルドに残ってアイテムの整理をしていた俺のところに、ローナが声をかけてきた。

「あの……ジョシュアさん、少しいいでしょうか？」

「珍しいな、なにかあったのか？」

「出来れば、人目のないところでお話ししたいのですが……」

「分かった、じゃあ外に行くか」

ギルドから出ると、少し歩いて人通りのない裏路地に入る。

ここなら多少大きな声で話しても、誰にも聞こえないだろう。

「それで、ローナの話って言うのはなんなんだ？」

俺は出来るだけ気軽に声をかけたけれど、彼女の表情は思ったより深刻そうだった。

「実は、ジョシュアさんにお願いがあります」

彼女はそう前置きすると、ようやく決意するように俺の目を見てつづけた。

「どうか……どうか、ローナの純潔は奪わないでくださいっ！」

「……はっ？　いや、どうしてそうなる!?」

突然お願いされた内容に俺も驚いてしまう。

見れば、ローナはもう泣きそうな表情になってしまっていた。

「だ、だって……ウェンディ様とアリンさんに『吸血』して、ジョシュアさんは凄く強くなってしまいました。この上ローナまで『吸血』されたら、臆病な魔法使いは要らないって言われてしまいます……ううっ……」

彼女は胸の前で両手をギュッと握りしめながら、必死にそう訴える。

不安がっているローナに、俺は冷静になって呼びかけた。

「いや、そうはならないだろう。ローナの才能は他人には代えがたい」

『吸血』を行えば相手の能力を手に入れることが出来るし、冒険者としてのレベルも上がる。

ただ、能力があってもそれを使いこなせるかは別だ。

俺はウェンディのような高速の突きは放てないし、アリンのような滑らかな体捌きもできない。

「だから、ローナを『吸血』しても、俺は大火力の魔法使いには、すぐにはなれないだろう。特に『二重詠唱』なんかは、どうやってるのか見当もつかないしな」

俺も魔法学園の卒業生だから、そのスキルがどういうものかは知っているけれど、実際使ってみろと言われたらたぶん無理だろう。

一つの魔法を発動させるのでもかなりの集中力が必要なのだ。仮に『二重詠唱』スキルを得ても、それを二つ同時になんてやれば、俺では頭がパンクしてしまう。

「それに現状では、今のままでも十分攻略できてる。俺もあまり魔法を使っていないし」

ウェンディからの『吸血』で魔力も上がり、以前よりも魔法を使えるようにはなっている。

ただ、攻撃に関してはローナの火力で十分すぎるほどなので、使うとしても照明などの補助魔法くらいだ。

しかしながら、彼女はこういう理屈だけでは安心できないらしい。

「で、でも！　どうしても不安で……できれば、攻撃魔法の使用は控えていただけると嬉しいです」

確かに現状では俺が下手に魔法を使うより、ローナに安心して実力を発揮してもらったほうが効率もいいだろう。

「ふぅむ……分かった、けど救急時になったら使ってしまうかもしれないな」

「ありがとうございますっ！」

ローナは一度頭を下げ、ようやく安心したような表情となった。

「俺とローナの境遇は同じで、ウェンディに巻き込まれた仲間なんだから、そうよそよそしくしなくてもいいと思うけどな」

「すみません、でも、これが性分なので……」

「そうか、まあ無理にとは言わないよ」

「ありがとうございます」

彼女はもう一度軽く頭を下げると、今度はこちらへ近寄ってきた。

そして、両手をゆっくりと俺の胸に当てる。

「ローナ？　どうしたんだ？」

「約束をしてもらうんですから、何か対価がないといけませんよね……」

「いや、おいっ……うおっ！」

思ったより強い力に驚いている間に、俺は後ろの壁に押しつけられてしまった。

そんな俺の前で、ローナがしゃがみこむ。

「抱いてもらうことはできないので……そ、その代わりにご奉仕します！」

「ご奉仕？　本気で？」

「これもローナの勝手なので、嫌だったらごめんなさい……」

どうやら彼女は、お願いしたことに対価がないと安心できないようだ。

「心配性だなぁ。まあでも、分かったよ」

これでローナが安心するというなら、やってもらったほうがよいだろう。

それに、タダでお願いを聞くつもりだったので得した気分もある。

「じゃ、じゃあ……始めます、ね……」

彼女がゴクッと唾を飲み込むと、恐る恐るベルトに手をかけてきた。

そのまま下着ごとズボンを下ろすと、彼女の目の前に肉棒が現れる。

「ひゃっ!?　ごくっ……こ、これが……」

彼女は目を見開いて驚きながら、その視線は俺のものにくぎ付けになっていた。

息を飲み、緊張した様子ながらも恐る恐る手を伸ばして触れる。

「お、思ったより熱いです。手のひらが燃えてしまいそう……。ええと、刺激すればいいんですよね」

ローナはそうつぶやきながら、ゆっくり肉棒を愛撫し始めた。

片手で根元を持ちながら、もう片方の手でしごき始める。

「……あぁ、思ったよりいい感じだぞローナ」

彼女の手つきは優しくて、手そのものの感触も柔らかくて心地いい。

初々しい反応の表情が、ウェンディやアリンとも違って興奮を煽られた。

それに何より、上から見ると彼女の胸元の谷間がよく見える。

大きさそのものはアリンほどではないけれど、ウェンディ並には大きい。十分な巨乳だ。

大きな胸が好きな俺としては、これだけでも三割は上乗せで興奮している。

「うぅ……あ、ひうっ!?　も、もっと大きくなってますっ!?」

その結果、刺激を受けた肉棒はぐんぐん大きくなってローナの眼前に突き出された。

もう少し動けば口に当たってしまいそうで、逆に彼女は刃物を突きつけられたように動けなくなっている。

「ううっ、うぅぅぅ……ど、どうしたら……？」

「ここまで大きくしたのはローナなんだから、責任をとってもらわないとな」

俺はそう言って笑みを浮かべながら、片手で彼女の頭をなでる。

「んっ、ふぅっ……」

「そのまま手でしごきながら、舌を出して先端を舐めるんだ」

「は、はい……んへぇっ」

俺の言葉に、彼女は想像以上に素直に従った。

両手で勃起した肉棒を支えながら、その先端へ向けて舌を突き出す。

そして、恐る恐るといった感じながらも、しっかり先端を亀頭に触れさせた。

「んっ、ぺろっ……んぅ。ぺろっ、ぺろっ……」

肉棒の味を感じて一瞬顔をしかめたものの、それ以外に害がないと分かると、より積極的に舌を使い始めた。

「おぉ、結構大胆だな？」

「ちょっと変な味ですけど、大丈夫です。んちゅ、ぺろぉっ！」

大きく舌を突き出して、まるでキャンディーを舐めるように動かすローナ。

なかなか器用なようで、舌は徐々に肉棒へ絡みつくように動き始める。

「おおっ！　いいぞ、そのまま舌で綺麗に舐めとるようにするんだ……手も忘れずに動かすんだぞ」

「ふぁい……ちゅっ、ちゅむっ……あふっ」

壁を背に立った俺の前にしゃがみ込み、竿をしごきながら先端へキスの雨を降らせるローナ。

恥ずかしさに顔を赤くしてはいるものの、動き自体はなかなか堂に入ったものだった。

「へえ、なかなか上手いな。でも、処女なんだろう？」

手コキとベロフェラが合わさって、正直かなり気持ちいい。

とても初めてだとは思えず、ついそう言ってしまった。

「そ、そうですよ。だから、純潔を奪わないでって、お願いしたじゃないですかっ」

ローナもさすがに、はっきり言われると恥ずかしかったようで反論してくる。

チラチラとこちらへ視線を向けながら、それでも目の前の肉棒へと、一生懸命奉仕をしてきた。

アリンとは雰囲気が違うけれど、こういう反応も興奮をそそられるな。

「んむっ!?　先っぽから苦いの溢れてきましたっ……もしかして、ローナのご奉仕、気持ち良いですか？」

「すごく気持ち良いよ、予想以上にな。絶対前からやり方知ってただろ、このムッツリスケベめ。くっ、柔らかい手と舌に包まれるの最高だ！」

興奮しながらそう言うと、褒められて嬉しかったのかローナも笑みを浮かべた。

「えへへっ、嬉しいです。もっとご奉仕しますね？　はむ、はむぉっ！」

「うぐっ!?　また、激しくっ……！」

ローナは舌を動かしながら、より顔を近づけて先端を口に含んだ。

その瞬間、咥えられた部分が生暖かい感触で覆われる。

膣内や胸の谷間とはまた違う感触だけれど、これはこれで十分気持ちいい。

さらに手コキも加わって、複合的な刺激に追い詰められてしまう。

「くぅ……ローナは魔法だけじゃなくて、ご奉仕の才能もあるんじゃないか？」

「じゅぷぷ、れるっ、はぁっ……そ、そうでしょうか？」

彼女は奉仕を続けながらも、少し嬉しさのうかがえる表情で俺に視線を向けてくる。

「ああ、初めてでここまでエロいフェラと手コキが出来るなんて、間違いないぞ。テクニックならウェンディより上等だ」

俺がほめると、途端にローナの動きがよくなる。

「ウェ、ウェンディ様より？　……あはっ。なら、もっと頑張りますねっ！」

手と口、それに舌を同時に動かして肉棒をくまなく刺激してきた。

根元の部分は手でしごかれ、精液を絞り出されるような感覚。

先端に行くほど口内と舌で甘やかすように刺激され、蕩けそうになってしまう。

「ヤバいっ……ローナ、もう出すぞっ！」

「あふ、んっ？　出しちゃうんですか？　いいですよ、たくさん気持ちよくなってくださいね！」

そう言うと、彼女はこれまでで一番奉仕を激しくしてきた。

「はむっ、じゅるるっ！　じゅぷ、れろっ!!」

手と口の動きが連動して、唾液と先走りが混じって卑猥な水音を立てる。

彼女自身もこんな状況に興奮しているのか、目が赤くなっていた。

「はぁ、はぁっ……んぅぅっ！　イってくださいっ、たくさん出してっ!!」

次の瞬間、限界を迎えた肉棒から精液がほとばしった。

勢いよく吹き上がった精液が、間近にあったローナの顔に降りかかる。

「きゃあああっ!?　あ、熱いドロドロが、こんなにたくさんっ！」

驚いて固まってしまうローナ。しかし、射精はなかなか止まらず彼女の体を犯していく。

ようやく治まるころには、ローナの顔は精液まみれになっていた。

「ううぅ……顔中がドロドロになってしまいました……」

「悪い、気持ちよすぎて我慢できなかったんだ」

素直に謝ると、彼女は首を横に振った。

「いえ、最初にローナがご奉仕すると言ったので、大丈夫です」

精液濡れの顔は大丈夫そうには見えなかったけれど、まあ向こうがそう言うなら納得しておこう。

「……これで、約束してくれるんですよね？」

「ああ、俺はパーティー内でのローナの地位を脅(おびや)かさないようにする」

「ありがとうございます。少し安心できます……」

小さく息を吐いた彼女は、懐からハンカチを取り出して汚れをぬぐい始めた。

そんな姿を見ながら、俺は思考を巡らせる。

ローナは安心したと言うけれど、本当に大丈夫だろうか？

気の弱い彼女のことだから、俺の活躍が今以上に増えても、ウェンディに何か言われて落ち込まないよう、今後は気にかけてやらないといけないだろう。

そして案の定、その後も俺は定期的に、不安だというローナの奉仕を受けることになった。

俺は改めてパーティーの不安定さを思い知らされて、少し心配になるのだった。

第三章　ローナの暴走

パーティー結成から二ヶ月ほどが経った。

ウェンディをリーダーとしたのダンジョン攻略は、引き続き順調だ。

攻略した階層も四十層を超え、シュタインの町にいる冒険者のなかでは一流と言っていいだろう。

ギルドでも最早、俺たちの顔と名前を知らない奴はいないほどで、ウェンディなどは、新人冒険者にサインを強請（ねだ）られたこともある。

ここに来たころの彼女は悪い意味で有名だった。俺たちも、立派に認められたということだ。

俺たちは揃ってレベルも上がり、名実ともにトップレベルの冒険者になっている。

ただ、今日はパーティー内の様子がいつもと違った。

ダンジョン攻略を終えて宿に戻ってくると、ウェンディが受付の従業員から何か受け取って、渋い表情になったのだ。

「みんな、このままわたくしの部屋に来てもらうわ。話があるの」

そのまま有無を言わさず彼女に連れていかれ、部屋に入る。

この宿で一番豪華な椅子へ優雅に腰かけながらも、まだ彼女の表情は晴れない。

「お嬢様、一体どうなさったのですか？」

俺たち三人を代表してアリンが問いかける。

するとウェンディは渋い表情をしたまま何かを取り出した。

「これは……手紙ですか？　しかも……」

「ええ、実家からのものよ」

その言葉に俺とローナも驚く。

「ウェンディの実家からだと？」

「それって、ノイマン伯爵様からの……」

「ええ、お父様からの手紙よ。近々ノイマン伯爵家創設、百何十周年記念だかのパーティーがあるから、それに合わせて一度顔を見せろということらしいわ」

心底めんどくさそうな表情で言うウェンディ。

どうやら彼女は実家に帰りたくないようだが……。

「いけません、お嬢様。いくらお父様方とお会いしたくなくとも、記念のパーティーくらいには参加しなければ。武門であるノイマン家では、めったにこういったことはしないのですから」

そんなウェンディを、アリンがたしなめている。

ノイマン伯爵家は武人の家系で質実剛健を旨としているらしいけれど、パーティーさえもめったに開かないのか。

俺の知っている貴族……学園にいた貴族の他の子息たちなんて、毎週のようにパーティーに行ったり開いたりしていたのに。

そういう環境で育ったからこそ、ウェンディは冒険者としての派手な暮らしに憧れるようになったのかもしれない。

「お嬢様、ここはどうか私の願いをお聞き入れ下さり、ご出席いただけませんか？　どうかお願いいたします」

アリンがウェンディの目の前まで移動して、深く頭を下げる。

それを見せられると彼女も若干ばつが悪いようだった。

「……分かったわよ。でも、ひとりでは行かないわ」

その言葉とともに、彼女はこっちに視線を向けて言う。

「今は冒険者パーティーのリーダーなんだから、四人一緒よ」

「よ、四人一緒にですか……。分かりました、手配いたします」

アリンも少し驚いた様子だったが、すぐ頷いて立ち上がり部屋を後にする。

おそらく馬車の手配などをするんだろう。一方、残された俺たちは呆然としていた。

「俺とローナにも、そのパーティーに出席しろと？」

「そ、そんなの無理ですよぉ！　マナーも分からないですし、絶対恥をかいてしまいますっ！」

俺はともかく、ローナは早くも涙目になっていた。

けれど、ウェンディはやる気のようだ。

「こうなったら、わたくしはもう冒険者として自立していると、実家に見せつけてやるのよ！　そのためにはあなたたちの存在が必要だわ。来ないなんて言わせないから。リーダー権限よ！」

その言葉で、俺たちがシュタインの町に居残るという選択はなくなってしまった。

俺とローナは互いに不安に思いつつも、アリンの用意した馬車に乗せられてノイマン伯爵領の領都へと向かうのだった。

●　●

ノイマン伯爵領の領都、ノイルラントは大きな町だった。

質実剛健な伯爵家の影響か飾り気は少ないけれど、活気はある。

メインストリートには多くの店が開いていて、昼間から盛況なようだった。

町の中心部には大きな城が建っており、ここがウェンディの生まれ育った家なのだという。

俺が知る貴族の城といえば華美な装飾が施されているものが多いけれど、ここはそういったものがまるでない。

石の灰色ばかりで、まさに要塞といった雰囲気だ。

流石に中に入ってみると最低限の装飾はされているけれど、ほかの貴族の屋敷とは比べ物にならない。

ただ、ノイマン伯爵家の影響力の大きさからか、参加者は多いらしく、数十台の馬車が城の広場に駐車されているのが窓から見えた。

俺たちは城の一室を与えられ、そこで夜まで待機していることになった。

「……ジョシュアさん、ローナたちは本当にパーティーに参加しても大丈夫なんでしょうか？」

ソファーの隣に座っているローナが不安そうにこぼす。

「ここまで来たら心配しても仕方ないだろうな。まあ、やってみるしかない」

最悪、会場ではウェンディに頼ってしまえばいいだろう。

彼女は俺たちパーティーのリーダーなんだから、面倒を見てもらわないとな。

夜になると城の中も騒がしくなり、いよいよパーティーが始まりそうだ。

俺たちも出席するわけだが、それを前に、ウェンディがアリンを連れてどこかに出かけてしまう。

小一時間ほど経って戻ってきたかと思うと、彼女は煌びやかなドレスを身に纏っていた。

「ふふ、どうかしら。わたくしによく似合うでしょう？」

そう言って、得意げな表情で俺たちにドレスを見せつけてくる。

色合いは普段の服と同じで、緑と白を基調にしたもの。

そこに普段より多くの装飾が施されており、胸元には大粒の宝石が目立つネックレスがあった。

「この前のダンジョンで見つけた宝石を、ネックレスにしてみたの、いいでしょう♪」

「ああ、あれはこのためだったのか……」

上機嫌なウェンディを見て、俺は小さくため息を吐く。

少し前のダンジョン攻略で、大きめな宝箱を発見していた。

中にはいくつもの宝石が入っていたんだけれど、特に大きかったのが、いま彼女の胸元で輝いているものだ。

パーティーの資金はウェンディが管理しているが、売れば一財産になる宝石を自分用の装飾品にしてしまうとは……。

まあ、俺たちにも財宝は適度に還元されているし、暮らしに不自由は感じない。

宝石を全部自分のものにしなかっただけ、マシになったと思おう。

「なに、見とれているの？」

「ああ、いや……そ、そうだな……」

普段つんけんしているのが嘘のように、上機嫌なウェンディ。

基本派手好きなので、こうして綺麗な恰好をしてパーティーに出られるのは嬉しいんだろう。

余計なことを言って機嫌を悪くされるのも面倒なので、適当に返しておく。

「あなたたちは、そのままでいいわ。アリンはともかく、ジョシュアとローナはまともな受け答えも出来ないでしょうから、わたくしの後ろについて黙っていなさい。変なことを口走ってわたくしに恥をかかせたら、後で吊るし上げるわよ！」

「あ、ああ……分かったよ、大人しくしておく」

いつになく本気な表情で言われて、思わずうなずいてしまう。

ウェンディとしては、このメンバーで冒険者として活躍していることを知らしめて、実家からの干渉をはねのけたいといったところか。

うまくいけば確かにウェンディの望むとおりになるだろう。

俺たちにはどうすることもできないので、黙って見守っているしかないが。

失敗すると間違いなく機嫌が悪くなるので、成功することを願った。

「さあ、そろそろパーティーが始まるわ。行くわよ！」

ウェンディを先頭に、俺たちはパーティー会場に入っていく。

中にはすでに百人以上の来客がいて、談笑を始めていた。

ウェンディはその中からいくつかの集団に目をつけると、さっそく声をかけていった。

「お久しぶりでございます。ノイマン家末妹のウェンディですわ。本日はようこそおいでくださいました」

「おや、また一段と美しくなられましたな。ほうほう、今は魔法学園を卒業して冒険者に？　さすが武門として有名なノイマン伯爵家のご息女だ」

「ええ、このネックレスの宝石もダンジョンから持ち帰ったものなんです」

「それはそれは、素晴らしい！　これほどの宝を自力で見つけるとは、お嬢様は冒険者として優秀なのですな」

知り合いらしい貴族や、懇意にしている商人。それに親戚の令嬢まで。

めぼしい相手に次々と声をかけ、社交辞令の後はひたすら自慢話をし合っている。

こっちに話を振られないのは助かるけれど、ずっと立っているのも疲れるな。

楽な姿勢になってため息を吐くと、運悪くウェンディに見とがめられてしまった。

「……ん？　なにフラフラしているの！　キッチリとしていられないのなら、会場の外に出ていなさいよ」

「なんだ、俺たちはもういいのか？」

「一通り顔見せは終わったからいいわ。後はわたくしひとりで十分よ」

「なら、お言葉どおりゆっくりさせてもらうとするか。なあローナ？」

俺はそう言いつつ、同じように落ち着かない様子だった少女に声をかける。

「は、はい。失礼させていただきます……」

「ふん、まあいいわ。アリンも一緒について、変なところに入り込まないようにしてちょうだい」

「承りました」

こうして俺たちはウェンディをひとりパーティー会場に残し、休憩しに行くことに。

にぎやかな広間から静かな廊下に移ると、少しホッとする。

「こういうパーティーは初めてだけれど、緊張するな。ダンジョンに潜っていたほうがリラックスできるかもしれない」

「あはは、そうですね。でも、ウェンディ様はご機嫌なようでよかったです」

「ああ、それが唯一の救いだな。普段もあんな調子ならやりやすいんだけど」

手紙を受け取ったときは嫌がっていたけれど、案外楽しんでいるじゃないか。

「問題は、伯爵様との面会ですが……」

アリンが少し不安そうな表情で言う。

「話は聞いていたけれど、そんなに仲が悪いのか？」

「はい、ノイマン家の家訓の権化とも言える伯爵様と、煌びやかな貴族の暮らしに魅せられたお嬢様は水と油で……おそらく、顔を合わせれば所かまわず喧嘩になってしまうかと……」

「ああ、だからさっきはステージに近寄らなかったのか」

広間のステージ付近には大きな人だかりが出来ていたから、そこに伯爵がいたんだろう。

ここまで来た以上、一度くらいは顔を合わせる必要があると思うが難しいな。

「それはそれとして、俺はそろそろどこかで休みたいんだけれど……」

廊下を見渡す限りベンチのようなものはない。

ダンジョンとは別の緊張感にさらされて、正直クタクタになってしまった。

すぐ腰を落ち着けたいのだが……。

そう思っていると、アリンが一つ提案してきた。

「ジョシュア様、場所を選ばなければ、休めるところはございますが」

「俺はどこでもいいよ。ふたりが疲れを癒してくれると、なおさら嬉しいけど」

そう言うと、アリンとローナは互いに顔を見合わせて笑みを浮かべた。

「では、こちらへどうぞ。お嬢様にお付き合いいただいたお礼に、ご奉仕させていただきます」

「ロ、ローナも一緒に行きます！　ジョシュアさんがお望みなら、ご奉仕だってしちゃいますね」

アリンはともかく、ローナまでその気になったのは驚きだ。あれ以来ローナは、自分の安心のためにも、俺に積極的になろうとしているようだった。

それから俺たちはアリンに先導され、ある部屋に入った。

「こ、ここは……」

ローナが周りを見渡して顔を赤くしている。無理もない、ここは男子トイレなんだから。

部屋の片側には立ち小便用の便器があって、もう片側には個室がある。

どうやら運がいいことに、俺たちの他には誰も使っていないらしい。

「こちらの部屋は、まだ使われていないようですね、どうぞ」

アリンに促されて個室に入ると、俺は便座に腰かけた。

続けてふたりも中に入ってくる。

「さすがに三人も中に入ると、少し窮屈だな」

「ですが、代わりにいつでも私またちの体に手を出していただけますよ？」

「確かに、それは利点だな」

俺はさっそくアリンの腰に手を回し抱き寄せた。

「ジョシュア様、まずは私たちにご奉仕させてくださいませ」

彼女はそう言うと、便座に座っている俺の前で膝をつき、服をはだけはじめた。

「おお？　ほほぅ……」

いきなりの行動に少し驚いたけれど、この際、気にしないでおこう。

ご奉仕してくれるなら素直に楽しんでしまうのが一番だ。

「さあジョシュア様、どうかお楽しみくださいませ」

胸元を露（あらわ）にした彼女は、そのまま俺の腕をとって胸に導く。

爆乳に触れた瞬間、俺は本能のままにそれを揉みしだいてしまった。

「うおっ、これはっ……た、たまらないな！」

手のひらに柔肉の感触が広がっていく。分かっていても、なかなか手を止められない。

「あん、はぅっ……ふぅ、気持ちいいですか？」

アリンは与えられる刺激に息を吐きながらも、俺に視線を向けてきた。

薄く笑みを浮かべた表情はいつもの彼女で、突然の奉仕にもしっかり対応してくれるのは、さすがウェンディのメイドだと感心する。

「まるで、手のひらから疲れが抜けていくような気分だな」

俺が少し手を動かすと、その度に爆乳もゆがむ。

「んんっ！　ジョシュア様、少し大胆ですね」

「いや、こんなものを見せつけられたら勝手に手が動くのは仕方ないな」

なにせ、片方だけでも俺の手に収まらないほどの爆乳だ。

下から持ち上げるようにして揉むと、乳肉が手からあふれそうになってしまう。

そのエロい光景は、見ている俺の興奮をさらに高めていた。

「……ジョシュアさん、ローナのことも見てください」

「うおっ」

目の前のおっぱいに夢中になっていると、いつの間にか近づいていたローナに耳元でささやかれた。びっくりして顔を上げると、彼女も胸元をはだけている。

「少し、恥ずかしいですけれど……今日はここで、ジョシュアさんにご奉仕しますねっ！」

ローナは顔を赤くしながらも、胸元を俺の胸に押しつけてきた。

大きさではアリンに劣るけれど、その張りと弾力では一番だ。

少女の若々しい肌が俺の胸元に押しつけられて、とても気持ちいい。

「アリンさんには敵いませんけど、ローナだってちゃんとご奉仕できるんですよ？」

そう言いながら、彼女は俺の頬に顔を近づけてキスしてくる。

「ん、ちゅっ……さっきお料理をいただいてしまったので、お口には……許してくださいね」

「そう言えば、そんなこともあったな」

ウェンディ以外の三人は、いつもとほとんど同じ服装だ。

アリンは一目で侍女と分かるし、俺も平民の冒険者だと分かる恰好だったから、声をかけられなかった。冒険者っぽいことが参加条件でもあったから、オシャレはしていない。

ただ、ローナは元が美少女だし、魔法使いとしての服も俺より飾り気があって綺麗だ。

お蔭で貴族の子女と間違えられて、声をかけられることが何度かあった。

そのときにいくつか食べ物を勧められていたし、女の子としては気になるのかな。

「元々ローナに無理強いするつもりはないけれど、なら代わりにこっちを味わわせてもらおうかな」

俺は少し身をかがめ、彼女の乳房に吸いついた。

「ひゃうっ！　あ、胸を……ん、はうっ！」

舌を出して、乳房の下側からゆっくり刺激していく。

綺麗な丸い形に沿うように動かしながら、円を描くように。

「はぁはぁ、んぅ……だ、だめですっ……そんなに丁寧に……」

やがて渦を巻くように乳房の中心に向かっていき、最後は乳首を咥える。

「んくっ、はぁ……あぅ、そこっ、くるっ……ひゃあぁ！」

焦らされてから敏感な乳首を刺激されたローナは、ビクッと背筋を震わせて嬌声を上げた。

「気持ちいいか？　もう乳首がビンビンだもんな」

舌先で感じるコリコリした感触に、思わず笑みを浮かべてしまう。

「もっと気持ちよくして……おっ？」

さらに舌を動かそうとすると、額に手を置かれた。

顔を上げてみるとローナの手のようだ。

「はぁ、はぁっ……ローナのほうがご奉仕するはずなのに、これ以上気持ちよくされてしまったら、動けなくなってしまいますよぉ……」

「はは、そうか。悪かったな」

「うぅ……あまり悪く思っていなさそうです……」

彼女は少しムスッとした表情をしたものの、すぐ気を取り直した。

「じゃあ、さっそくご奉仕していきますね。アリンさんも一緒に」

「ほう、それはいいな」

視線を動かしてアリンのほうを見ると、彼女も頷いていた。

「ローナさんに先日、ご奉仕についてのアドバイスを求められました。そのときに、色々とお教えしたんです」

「一体どんなことを教えたんだ？」

「慌てずとも、今から実際に味わわせて差し上げますよ」

そう言って、いたずらっぽい表情を浮かべるアリン。アリンもまた、俺への奉仕に抵抗がなくなりつつある。普段はウェンディのためと称しているが、ローナに指導までしていたとはな。

ふたりは一旦少し離れると、ちょうど俺の正面へ位置するように並ぶ。

俺から見て左にアリン、右側にローナだ。

そして、彼女たちはそれぞれ、露になっている乳房を左右から股間に押しつけてきた。

「うおぉぉっ!?　これはっ……」

彼女たちの体を味わって興奮した肉棒は、すでに硬くなっていた。

ズボン越しにでも、押しつけられる乳房の柔らかさがよく分かる。

「ふふ、もうこんなになっていますね」

「ジョシュアさん、すぐ楽にしてあげますから！」

ふたりがそれぞれ手を動かして、ズボンのなかから肉棒を引っ張り出す。

硬く立ち上がったそれは、数秒と経たず二対の柔肉に覆われてしまった。

「ぐっ！　これは……たまらないなっ……！」

肉棒が四方八方から、柔らかくて温かいものに包まれている。

わざわざ腰を動かさなくても、向こうのほうが動いて刺激を与えてくれた。

「ジョシュア様のここ、すごくビクビクと震えていますね。気持ちいいですか？」

「ああ、すごく」

「それはよかったです。でも、まだここからですよ？」

アリンはフフッと笑みを浮かべると、大きな胸をより押しつけてくる。

肉棒が左からグイグイ押されると、その分、右側のローナの乳房側へと圧迫される。

「んっ！　アリンさん、一方から強くされたら困りますよ！」

ローナはそう言って押し戻しながら、自分も胸を強く押しつけ始めた。

「や、やばいっ……このままじゃ蕩けそうだっ！」

左右から巨乳に揉みくちゃにされて、俺は至福の快感を与えられていた。

手や舌よりも柔らかく、優しく包み込んでくれる感触。

しかも根元から先端までが覆われているから、快感の逃げ場がない。

「あう、先っぽから何か出てきましたよ？」

興奮を抑えきれないからか、先端から先走り汁があふれ出た。

それでも彼女たちは動きを止めないので、それが乳房全体に塗り広げられてしまう。

「まあ、お汁だけでこんなにヌルヌルに……私たちのご奉仕に満足いただいているようですね」

「はい！　いつもはジョシュアさんにいたずらばかりされてしまうので、こういうのは新鮮です」

「確かに、ローナさん相手では、なかなか主導権を渡してくれそうにないですからね」

「その分、今日は遠慮なく目いっぱいご奉仕しますねっ！」

「お、おいローナ……うぐっ、くうぅ！」

俺が止める間もなく、彼女は乳房を上下に動かしてズルズルと肉棒をしごき始めた。

ローナとは本番はしない約束だ。そういう状況になっても、どうしても俺としては、ねちっこい愛撫が主体になる。仕方ないとはいえ、どこか不満があったのだろうか？

そしていま、アリンも一緒になって、ふたりとも息を合わせてこちらを刺激してきた。

「ん、あっ……胸がこすれて、刺激が……ッ！」

「ひゃうんっ！　気持ちよく、なっちゃう……はぁ、んくぅ！」

激しいパイズリは、彼女たち自身にも刺激を与えていたらしい。

胸の滑りがよくなったことで互いの乳房がこすれ、時には乳首同士も触れ合ってしまうようだ。

大きく嬌声を上げるほどではないけれど、確実に興奮を強くしていた。

「はぁ、はぁ……ふたりとも、すごくエロくて可愛いぞ」

そんなふうに、美女たちが興奮しながらパイズリ奉仕している姿は俺にとっては絶景だ。

溢れた先走り汁が広がってグチュグチュといやらしい音を立てながら、二対の乳房がさらに動きを激しくする。

上下はもちろん、微妙にしごくタイミングがズレて、左右にもこねくり回されてしまう。

「ぐっ、あぁっ！　Wパイズリ気持ちよすぎるっ、おっぱいの海に溺れそうだっ！」

アリンの爆乳とローナの巨乳に奉仕され、俺の興奮は限界まで高まっていた。

「そろそろですか、ジョシュア様？　先ほどから震えが止まらないようですが」

「イキそうなんですよね？　ふふっ、嬉しいです。そのままローナたちのおっぱいに全部出してください っ！」

「ええ、床を汚すわけにもまいりませんから、しっかり谷間に収めて射精なさってくださいね？」

微笑を浮かべるアリンと、嬉しそうに満面の笑みを浮かべるローナ。

ふたりとも手を休めることなく、そのまま俺の興奮を限界まで押し上げる。

「出すぞ、もっと胸を寄せてくれっ！　くぅ……ッ!!」

最後にふたりがギュッと身を寄せ合って、互いの胸を押しつぶす。

その深い谷間の奥で、俺は存分に射精した。

「くっ、おぉっ……!!」

射精中もふたりは胸を動かしながら、俺の肉棒を刺激し続けた。

おかげで絶頂はなかなか止まらず、一度で枯れ果てるかと思うほど射精してしまう。

「きゃうっ！　凄いです、まだどぴゅどぴゅって……」

「熱いのが胸の中で広がっているのが分かります。こんなにたくさん……最高記録かもしれませんね」

彼女たちにとっても予想以上の射精量だったらしく、驚いているのが分かる。

そんな状態でも最後まで手を抜かないあたり、ふたりは真面目だな。

「はぁはぁ、ふぅっ……さ、さすがに限界だ……」

すべて吐き出し終わって勃起も治まると、ようやくふたりは胸を離した。

すると、谷間に中出しされた精液がドロッと滴り落ちそうになってしまう。

「あっ、と……はむっ。ふふ、もう少しで汚してしまうところでした」

アリンはそれを指で掬い取ると、なんと口へ運んで舐めとってしまう。

「ジョシュア様の精液、とっても濃いですね。こんなものを中に出されたら、妊娠してしまいそうです」

本能的にか、あるいはわざとか……妖艶な笑みを浮かべたアリンが俺に視線を向けてくる。さすがに根こそぎ搾り取られてもうその気にはならないけれど、いつかお返ししてやろうと心に誓った。

「はぅ……これじゃあ会場には戻れそうにありません……」

ローナの深い谷間にも何本も白濁した粘液の橋がかかっていて、とてもエロい。

もう少し眺めていたかったけれど、俺はポケットからハンカチを取り出して彼女に渡す。

「ほら、これで拭いておけ」

「あ、ありがとうございます。ん、しょっ……」

アリンもどこからか取り出したタオルで汚れを拭いて、ローナの身支度を手伝っていた。

俺自身も適当に後片付けをすると、先にトイレから出て廊下で待っていることに。

すると、パーティー会場のほうから近づく足音が聞こえてきた。

このままでは、男子トイレの中のふたりと鉢合わせしかねない。

「マズいな、少し引き留めておくか」

俺が足音のほうに向かうと、現れたのはまだ幼い少年と少女だった。

服に似通っている特徴があるところを見ると、兄妹だろうか。

「やあ君たち、トイレに用事かな？」

「え？　う、うん。妹がトイレに行きたいって」

どうやら使うのは女子トイレらしい。一安心だ。

「そうか、女子トイレはこっちだ。薄暗いから気を付けてね」

妹をトイレに案内すると、俺は少し離れたところで兄と待っていることに。

すると、向こうのほうから興味深そうに話しかけてきた。

「お兄さん、もしかして冒険者？」

「えっ？　ああ、そうだけど……どうして分かったんだい？」

少し驚きつつ問いかけると、少年は目を輝かせた。まあ、この格好なら分かるのだろうが、話しを長引かせるにはちょうどいい。

「さっき金髪のお姉さんが冒険者だって自慢してるのを聞いたんだ！　お兄さんもその仲間でしょう？　ねえねえ、デーモンとかドラゴンなんかも、倒したことある!?」

「いやぁ、さすがにそれはないなぁ……」

デーモンにドラゴン、どちらも高難易度のダンジョンでボスとして出てくるモンスターだ。

討伐には超一級の冒険者パーティーが必要で、一度でも討伐すれば比類ない名声に加えて『悪魔殺し』や『竜殺し』といった特別なスキルを得ることも出来るという。

このレベルの冒険者に言うことを聞かせようと思ったら、一国の国王レベルの発言力が必要だ。

「うーん、残念。じゃあ、今はどのダンジョンに潜ってるの？」

「ああ、『死徒のダンジョン』だよ。知ってるかな？」

「もちろん！　僕、将来冒険者になりたくて色々調べてるんだ！」

どうやら彼は熱烈な冒険者ファンなようだ。

暇つぶしにと話に付き合っていると、彼の意外にも深い知識に驚かされる。

どうやら先祖に高名な冒険者がいたらしく、資料が多く残っているんだとか。

「そう言えば、『死徒のダンジョン』には強力な魔導書があるって聞いたことあるよ」

「魔導書？　それは初耳だな」

「僕の家にあった古い本に載ってたんだけど、なんでも吸血鬼が作った魔導書なんだって！　すごくかっこいいでしょ！」

「モンスターが魔導書を？　普通ならありえないが……」

『死徒のダンジョン』の吸血鬼に関してだけは、何があってもあり得ないとは言えないからな。

なにせ、最低でも一体は、ダンジョンから脱出して人間社会に潜んで子孫まで作っている。

そんなとき、横から声がかけられた。

「今、『死徒のダンジョン』の魔導書の話をしていましたか？」

声の正体はローナだった。少年も話に夢中だったから、出て来るところは見られずにすんだようだな。支度が終わって出てきたらしいけれど、いつになく真剣な表情をしている。

「死徒の魔導書……噂には聞いていましたが、実在するんでしょうか？」

「うん。少なくとも本には書いてあったよ。なんでも、失われた古代魔法が記されているとか……」

「なるほど、古代魔法……それがあれば、ローナの魔法も高みに至れるかもしれません！」

いつになく興奮している様子のローナに、少し困惑してしまう。

「おい、大丈夫か？」

「え？　だ、大丈夫です。でも、死徒の魔導書ですよ？　すごく欲しいですよね、今すぐダンジョンに潜りたいです！」

「俺も魔法学園の卒業生だから、気持ちは分かるけどな」

失われた古代魔法が記された魔導書なんて言われたら、魔法使いなら誰でも興味が湧いてくる。

けれど、ローナがここまで夢中になるのは予想外だったな。

彼女の魔法への入れ込みようを、少し甘くみていたかもしれない。

「とにかく、まずはウェンディが無事にこのパーティーを終わらせないと、シュタインの町にも帰れないぞ」

「……そうですね、失礼しました。慌ててしまって」

「いや、いいんだ」

彼女は頭を下げ反省した様子を見せたけれど、どうも怪しい。

まあ、とりあえずはウェンディのところへ戻るとしよう。

そろそろ挨拶周りも終わっているはずだから。

そうして俺たちは、三人そろって会場へ戻るのだったが……。

「もう我慢できないわ！　とっととシュタインに帰るわよっ!!」

ウェンディの鶴の一声で、夜中にも拘わらず馬車を走らせることになった。

さっきまであんなに機嫌がよかったのに、今は噴火寸前の火山のようだ。

「お嬢様、いかがされたのですか？」

こういうときのウェンディは、ベテラン侍女のアリンに任せるにかぎる。

彼女が問いかけると、ウェンディは怒りを吐き出すように言葉を発した。

「どうもこうもないわ！　あの堅物親父、冒険者なんてノイマン家の娘がするものではないなんて言ったのよ!?　許せるもんですか!!」

「お嬢様、落ち着いてくださいませ。言葉遣いまで乱暴になってしまっています」

「ふぅ、ふぅっ、ぐうううぅぅぅ……!!」

アリンに諭されてなんとか罵声を抑え込むウェンディ。

けれど、悔しい思いは抑えきれないようで、床をグリグリと踏みつけていた。

「ウェンディ様とご実家って、ここまで仲が悪かったんですか……」

「ああ、俺もローナと同じように驚いているよ」

一応不仲だとは聞かされていても、これほどとは思わなかった。

これでは、彼女が実力を示して親を黙らせるしかないと考えるのも無理はないか。

かといって、俺たちを無理やり危険なダンジョンに連れてきたこととは別だが。

「やはりダンジョンを完全に攻略して、揺るぎない名声を手に入れるしかないわ！　いくらお父様でも、未踏破ダンジョンの攻略者のことは馬鹿にできないはずよ！」

そう言って鼻息を荒くするウェンディは、いつになく感情を激しくしているようだ。

「ジョシュア、攻略状況の詳細はどうだったかしら？」

「現在到達しているのは四十七階層、ボスがいると思われる五十階層まで、あと少しだな」

ダンジョンも深層になるとぐんと攻略難易度が上がって、一階層を新たに攻略するのに、何日も時間が必要になっている。

それでも俺たちの攻略スピードは、ギルドの中ではかなり早い方だ。

このまま攻略することが出来れば、ギルドの歴史に残るのは確実だと言われている。

「準備は出来ているわね。町に着いたらすぐ攻略再開よ！」

「いや、少し落ち着いてからのほうがいいんじゃないか？　今のお前は冷静さを失っているように見えるぞ」

「なんですって？　ジョシュアの分際で生意気ね！」

俺の言葉に即座にかみついてくるあたり、確実にキレている。

「いいから、今回だけは言うことを聞いておけ。俺は怒りで我を忘れているリーダーと一緒にダンジョン攻略だなんて御免だぞ」

俺はウェンディの肩を掴むと、少し語気を強めてそう言った。

すると、ようやくこっちの本気さを感じてくれたのか少し大人しくなる。

「……分かったわよ。でも、その間もしっかり準備は進めるから」

「ああ、それは存分にやってくれ。準備はしすぎるということはないからな」

こうして俺たちは、シュタインの町に戻ってからしばらくゆっくりすることになった。

しかし、それをよしとしない者がひとり存在することに、俺は最後まで気づかなかったのだ。

●　●

シュタインの町に帰還してから二日が経った。

昨夜はたっぷり寝て、ようやく長距離を馬車で移動した疲れも取れてきた。

俺は服を着ると食事のために下階に降りていくが、そこでウェンディとアリンが何やら落ち着かない様子で話しているのを目にする。

「ふたりで何を話しているんだ？」

「ああ、ジョシュア。それが、朝からローナの姿が見えないのよ。まったく、ひとりでどこに行ったのやら……」

「探してみましたが、宿の中にはいないようでした」

「まったく、困ったわね。今日も休みにするつもりではあったけれど、それにしたって勝手にいなくなられたら困るわ！」

不機嫌そうな表情のウェンディ。

これは早く帰ってこないと、かなり怒られそうだ。

「しかし、どうして急にこんなことを……」

俺も腕を組んで考え込む。基本的には気の弱いローナのことだ、ウェンディかアリンに話を通さずに遠くまで出かけるようなことはないと思う。となると、何か事件に巻き込まれたか、あるいは、そこまでしても出かける理由があるということになる。

「アリン、近くで何か騒ぎが起こったとかはないか？」

「いえ、街はいたって平穏です」

「となると、後者のほうか……」

ローナが無理をする理由。

それを考えると、ふと先日のことが思い浮かんだ。

ノイマン家の屋敷で、貴族の子供の話を聞いたとき。

彼女は吸血鬼が作ったという死徒の魔導書に、強い興味を示していた。

それに加えて、ローナはパーティー内での自分の立場に、常に不安を感じていた。

俺が『吸血』のスキルを得て能力を高めたことで、自分の居場所が奪われてしまうのではないかと。

そこから考えられることは……。

「あいつ、まさかっ！」

俺はとっさに駆け出して外に向かう。

「ちょ、ちょっと！　どこに向かうつもりなの？」

慌てて後ろから声をかけてきたウェンディに、振り返って答える。

「冒険者ギルドだ！」

「ギルドって……まさか、ローナがひとりでダンジョンに潜ったというの⁉」

「可能性はあるんだ、急いで確認しないと！」

そう言うと再び前を向いて、ギルドに向かって駆けていった。

息を切らして走りながらギルドに到着すると、受付にローナが来ていないか確認する。

ダンジョンに潜る前には、必ずここで申請しなければいけないからだ。

「えっ、ローナさんですか？　確かにいらっしゃいましたね、朝早くに」

受付嬢の言葉に、俺は自分の予想が正しかったと確信する。

「やはりそうか……。どこか不審な点はなかったですか？」

「いえ、きちんと申請していただきました。ダンジョンの浅い層で実戦訓練をするということでしたので、ローナさんならひとりでも問題ないと思ったのですが」

「そうですか、ありがとうございます」

俺は礼を言って受付を後にした。

ひとまず近くのテーブルに腰かけると、大きなため息を吐く。

「はぁ……くそ、逸りやがって……」

ローナの勝手な行動に苛立ちながらも、同時に自分の油断にも反省していた。

彼女があれほど何かに興味を持つことは滅多にない。

もう少し注意しておけば、勝手な行動を止められたかもしれない。

「どちらにせよ、連れ戻さないとな」

ローナはうちのパーティーに不可欠な存在だ。ボス攻略のためにも、ここで失う訳にはいかない。

そう考えていると、遅れてウェンディたちが到着した。

「ジョシュア、どうだったの？」

「やっぱり、ひとりでダンジョンに潜っていたみたいだ」

そう言うと、彼女も呆れたようにため息をついた。

「まさかあの子がひとりで……それほど惹きつけられる何かがあったの？」

「ああ、実は……」

俺は三人でテーブルを囲みながら、ノイマン家の城でのことを伝える。

すると、ふたりとも渋い表情になった。

「死徒の魔導書ですか……確かに噂は聞いたことがあります」

「でも、眉唾ものよ。今までに誰かが見たって話は聞かないわ」

さすがに、この『死徒のダンジョン』を管理するノイマン家の人間だ。

ふたりは、こういった話にも精通しているのか。

「その少年は、先祖が残した書類に記されていたと言ったが……」

「わたくしが知る限り、過去に死徒のダンジョンが完全攻略されたことはないわ。攻略されたのは最高でも一歩手前の四十九階層まで」

「五十階層に挑戦した冒険者が数パーティーいますが、いずれも生還していません」

「俺たちも、まだそこまではたどり着いていないしな」

ということは、魔導書があるというのは四十九階層かその辺りだろう。

ローナひとりでたどり着けるとは思わないが。

「彼女もこれまでのダンジョン攻略の中で成長しています。全力で魔法を行使すれば、深層までたどり着くだけなら、出来るかもしれません」

アリンの言葉に、俺とウェンディは目を見合わせて苦い顔になる。

「とにかく、早急にローナを見つけて連れ戻さないと」

「ああ、すぐに追いかけよう」

それから俺たちは準備もそこそこに、ダンジョンへ潜ることになった。

火力担当のローナがいないので普段より進む速度は落ちるけれど、出来るだけ戦闘を避けているので疲労は少ない。二時間もすると、攻略を進めていた階層まではたどり着いた。

「ここからは慎重に進まないとマズいな」

「そうね。でも、ここまでにローナがいなかったということは、もう先に進んでいるということよ、遅れられないわ」

ローナも、普段からこのパーティーが使う最短ルートを進んでいるだろうし、見落とすことはないはずだ。どうやら彼女は俺たちの想像以上に頑張っているらしい。

ここに来るまでも、いくつか魔法で倒されたらしいモンスターの死骸を見つけている。

ローナの得意な雷魔法で焼かれた形跡があったので、彼女の仕業だと思う。

「かなりのペースで魔法を使っているはずです。休憩なしでは、そろそろ魔力切れになってしまうでしょう」

「そうなればあいつは無力な女の子だ。そうなる前に助け出さないとな」

襲い掛かってくるアンデッドモンスターを退けながら、着実に攻略を進めていく。

このあたりの階層は入り組んでいる部分も多いので、格闘戦を得意とする俺たちに有利だ。

相手にリッチやスケルトンアーチャーなどがいても、障害物や地形を利用して上手く叩ける。

「よし、階段を見つけたわ！　次は四十八階層よ！」

声を上げたウェンディを先頭に階段を駆け下りていく。

階段を降り切ると、そこもやはり複雑な構造のダンジョンになっていた。

「道が三方に分かれてるわね……手分けして探す？」

ウェンディの言葉に反論しようとした、そのとき。

「やっ、きゃああああっ！」

通路の奥から悲鳴が聞こえてきた。

「この声、ローナかっ！」

俺は剣を構えて、一心不乱に走り出した。

「ローナ、そこにいるのか!?　いたら返事をしろ！」

声を頼りに道を進んでいくと、突然目の前に大きく蠢く物体が現れた。

どうやらこの辺りは、他の通路と比べてかなり広くなっているらしい。

薄暗いそこを灯りの魔法で照らすと、正体が明らかになる。

「なっ……ス、スライムか！」

俺の眼前にあったのは、泥水が固まってできたような粘液体だった。

俺に遅れて、ウェンディとアリンも到着する。

「これはっ！」

「お嬢様、これは腐肉スライムです」

「腐肉スライム？　アンデッドなの？」

ウェンディが問いかけると、アリンが首を横に振る。

「アンデッドを捕食する習性がありますが、これ自体はアンデッドではありません。しかし、取り込んだ腐肉から特殊な油を精製して身に纏っているため、炎以外の魔法が無効化されてしまいます」

ローナの得意魔法は雷だ。

『二重詠唱』のスキルによって普通の魔法使いの三倍の火力を持つと言われる彼女だけれど、その魔法を無効化する相手に出会って混乱してしまったのだろう。

「じゃあ、ローナは今、あのスライムに？」

「腐肉スライムは死体以外捕食しないはずですが……体力が極端に落ち動かない人間を死体と間違うことはあるかもしれません」

そのとき、目の前の腐肉スライムが動いた。

体を揺するようにすると、次の瞬間、中から何かが飛び出す。

それは、俺たちも見覚えのあるローナの杖だった。

「ッ!! やっぱり囚われているのか！ すぐ助けないと、窒息してしまうぞ！」

「でも、下手に攻撃すればローナを巻き込んでしまうわよ!?」

「くっ……」

どうしたらいいか考え、手間取っていると、スライムに更なる動きがあった。

表面がうごめいて、ローナが中から浮き上がってきたのだ。

「げほっ！ げふっ、ごほごほっ！ ううっ……」

「ローナ！ 大丈夫か!?」

「え、ジョシュアさん？ 何でここに……うぐっ!?」

彼女は俺たちの姿に驚いた様子だったが、すぐ苦しそうな表情になる。

そして、そのままうめき声をあげると、スライムから突き出している杖が光った。

「ふたりとも、伏せろ！」

そう言うとともに、俺はウェンディとアリンの体を引っ張って伏せさせる。

すると、直後に俺たちの頭上を、杖から発射された雷の槍が通過していった。

「……まさか、ローナを操って魔法を使っているというの？」

「信じがたいがそうらしい。しかしマズいぞ、タダでさえローナは消耗しているのに、無理やり魔法を使わせ続けられたら……」

　魔法使いは魔力が欠乏すると気を失ってしまう。

　そして、その状態でさらに魔法を使わされたら、死の危険まであるのだ。

「とにかく、ローナをあのスライムから引き放さないとマズいわね」

「ウェンディ、あいつの気を引けるか？」

「ええ。でも、救出できるの？」

「昔なら無理だろうけれど、今は呆れるほど力持ちになっているからな。任せてくれ」

　俺が自信をもってそう言うと、彼女も頷いた。

　以前なら俺の言うことなんか絶対聞かなかっただろう彼女も、ダンジョン攻略を進める内に、合理的な進言なら聞き入れてくれるようになっていた。

「分かったわ、アリンも来なさい！」

「はい、お嬢様！」

　ふたりは立ち上がると、左右に分かれてスライムの注意を引きつける。

「さあ、こっちよ！」

　ウェンディが牽制に火球の魔法を放つ。

　その隙にアリンが後ろに回り込み、背面へ強烈な蹴りをくらわせた。

　しかし、腐肉スライムはまったく動じる気配がない。

「くっ、さすがに深層にいるスライムとなると格闘が通じづらいですね」

スライムはアリンも捕らえようと触手を伸ばすが、彼女は素早い動きでそれを躱す。

よし、奴の注意が彼女たちに向けられている今がチャンスだ。

俺はその場から思い切り駆け出して、スライムのほうへ向かう。

剣は鞘に納め、代わりにナイフを抜いて握りしめた。

幸いスライムの意識はふたりが引きつけてくれたままのようで、気づかれずに間近まで接近できる。

「よし、ここからなら！『ファイアエンチャント』！」

いつもウェンディがしているように、ナイフへと魔法を纏わせる。

腐肉スライムに効果の高い炎魔法だ。

「ローナ、今助けるからな！」

ナイフを振りかぶると、ローナの首の周りに巻きついている粘液に突き刺した。

「ッ！？！？」

「くっ！」

奇襲を受けたスライムが暴れようとするが、そこは力づくで抑え込む。

俺はなおも距離を詰めながら、ナイフを持っていないほうの手を横に出す。

「大人しくしろ！『ファイアボール』！」

手のひらから生み出された火球が飛び、ローナの捕らえられている場所からは離れた部位に着弾する。

炎は一瞬燃え上がって粘液を溶かしたが、すぐ質量で押し消されてしまった。

しかし、これで隙が出来る。

俺は悶えるスライムの体へと、さらにナイフを突き立てていく。

普通の刃物では物理攻撃に耐性を持つスライム相手に歯が立たないが、魔法で熱せられたナイフは容赦なく粘液を溶断していった。

「こいつ、ローナを放しやがれ！」

強引にナイフを動かして、掻き切るようにしながら拘束を除去していく。首の他にも胴体や両手足、巻きつく粘液の大きな部分をあらかた排除すると、あとは強引にローナを引っ張った。

「ぐうぅぅっ！」

スライムは今度は、俺ごと捕まえようと触手を伸ばしてきた。

けれど、こちらに意識を向けることはウェンディたちに背を向けることになる。

「させませんよっ！」

「食らいなさい！　はあぁぁぁぁっ!!」

アリンが強烈な蹴りをくらわせてスライムの体勢を崩し、そこへウェンディがレイピアを突き刺す。もちろんレイピアは炎の魔法を纏っていて、体の奥深くまで焼かれたスライムは悲鳴を上げた。

そして、俺はその隙にローナを救い出す。

「ふんっ！　よしっ、これでっ！」

彼女を完全にスライムから引き離し、触手の届かないところまで移動させる。

「おい、大丈夫か？　ローナ？」

「ん、ううっ……」

「まだ返事は無理か」

声をかけてみるが、意識は回復していない。俺はその場に彼女を寝かせて振り返った。

まだスライムはしぶとく抵抗している。

「仲間に手を出しやがって……後悔させてやる！　『ファイアエンチャント』！　『ファイアランス』！」

腰から引き抜いた剣に炎を纏わせ、さらに攻撃魔法も遠慮なくお見舞いする。

ローナとの約束が頭を過ったが、出し惜しみをして勝てる相手ではないので頭の隅に置いておくことに。

それから俺はウェンディたちと協力し、スライムを討伐することに成功した。

無事にローナを取り戻したことに一安心したのもつかの間、別の問題が発生する。

ここまでかなりの強行軍で来たために、帰りはかなり苦労することになってしまったのだ。

俺たちは疲れ切った体でモンスターの襲撃を警戒しながら、ゆっくりと慎重に地上まで戻ることになるのだった。


「はぁ……もうこんなことはこりごりだな」

なんとか全員五体満足で地上に戻ってきた俺たち。しかし当日中には間に合わず、ダンジョンの中で一夜を過ごす羽目になったので、かなり疲れが溜まっていた。

宿に帰りつくと、全員がまずはベッドに倒れ込んでしまったほどだ。

今は一休みしてようやく動けるようになり、反省会をしているところだった。

「この度はご迷惑をおかして、申し訳ございません……」

今回の事件を起こしてくれた犯人は、テーブルの隅っこで小さくなって頭を下げている。

「一応動機は聞いておくけれど、死徒の魔導書が欲しかったからってことよね？」

ウェンディの問いかけにコクリと頷く。

「はい、その魔導書が欲しくて……。死徒の魔導書には失われた古代魔法が載っていると聞いてから、どうしても欲しくなってしまったんです」

「わたくしも魔法使いだし、ローナの気持ちは理解できなくもないわ。でも、それにしたって今回の独断専行はひどいわよ？」

「わ、分かっています。本当に申し訳ないです……」

腐肉スライムに飲み込まれる体験をして、さすがに頭が冷えたようだ。さすがのウェンディも、ローナが意気消沈している姿を見てそれ以上責める気をなくしたのか、ため息を吐く。

「とりあえず、疲労が回復するまで攻略は取りやめね」

「はい、消耗した道具などの補充もしなければなりません」

「そのあたりはアリンが手配してちょうだい」

「お任せください、お嬢様」

アリンの言葉に満足したらしいウェンディは、一つ頷くと立ち上がる。

「はあ、まだ腐肉スライムの匂いが染みついている気がするわ。お風呂に入ってこようかしら」

「すぐ手配していただきましょう」

「後でマッサージもしてほしいわ。ジョシュア、ローナにはしっかり反省させておきなさいよ」

彼女はそう言うと、アリンを連れて出ていってしまった。

それを無言で見送った俺は、一息ついてローナのほうに向きなおる。

「うっ……」

俺からも何か言われると思ったのか、彼女は体を硬くした。

「ご、ごめんなさいっ！」

「いや、そう何度も謝ってもらわなくていい。それより、俺のほうこそすまなかった」

「……えっ？」

俺が頭を下げると、彼女は訳が分からないというような表情をする。

そんなローナに、顔を上げてから説明した。

「ローナとの、出来るだけ魔法を使わないという約束を破ってしまった」

「そのことでしたか……」

最後には、普通に炎魔法で攻撃していたしな。

「それは、スライムは物理攻撃が効きにくいので、仕方ない部分はあるかと思います」

そう言いつつも、ローナの表情は苦かった。

今回の件で、俺の攻撃魔法も十分実戦に耐えうると分かったからだ。

俺はともかく、ウェンディは魔法が使えるなら使えと言ってくるだろう。

彼女の目的はダンジョン攻略で、そのために必要なものはなんだって使うに違いないからだ。

「俺は今後も魔法を使うようになるかもしれない。ウェンディに言われたら、抗えないからな」

ローナとの約束があると言っても、気にしないだろう。

最近はパーティーのことも少しは考えているようだけれど、基本的に自分が優先な女だ。

「そうですか。そうなると、やっぱりローナは要らないと思われてしまいますよね……」

やはり気落ちしてしまったか。

俺は内心でため息を吐きつつ、慰めようと声をかける。

「そうはならないぞ。今回のことで実感したが、やっぱりローナがいるといないとでは大違いだ」

後方に強力な魔法を扱える仲間がいるだけで、かなりの安心感がある。

特に今回は前衛三人で攻略したので、ウェンディたちも実感しただろう。

「あいつらも、ローナがパーティーを抜けるなんて言ったら慌てて引き留めるだろうさ」

「ほ、本当ですか？」

信じられないといった表情のローナ。

本当に自己評価が低いんだから、この天才少女にも困ったものだ。

「第一、ほとんど攻略しかかっているとはいえ、ひとりでダンジョンの深層にまで行ける冒険者を無能なんて呼ぶ奴はいないぞ」

「でも、あのときは無我夢中で……同じことをやれと言われても、たぶん無理だと思います」

「今回のようなことをする必要はないだろう。今度からは、また前衛の俺たちがいるんだから」

そう言うと、彼女は少し安心したように息を吐いた。

「そうですか……必要とされているのなら、よかったです」

ようやく落ち着いてくれたらしく、俺も安心だ。ただ、もう一つ話しておきたいことがある。

「ローナ、実は相談があるんだ」

「はい、なんでしょうか？」

「俺に君を『吸血』させてほしい」

「……はいっ!?」

突然の提案だったので、やはりローナは飛び上がるほど驚いたようだ。

目を丸くして、信じられないという表情で俺を見ている。

「ど、どうしてそんなことを……」

「ローナは俺の『吸血』の能力を知っているか？」

「ええと、概要は……。相手の血を吸うと一時的に能力を上昇させることが出来るんですよね？」

「ああ。それに加えて、処女の血であれば永続的に能力を上昇させられるんだ」

「なっ……しょ、処女……」

俺の話を聞いたローナは、顔を赤くしてスカートを握りしめる。

「欲を言えば、そのまま純潔ももらいたい。そうすることで、能力は完全に俺だけのものになる」

普通なら気にしないことだけれど、今回挑むダンジョンのボスはおそらく吸血鬼だ。

もし処女のまま戦闘中に敵に『吸血』されたりしたら、血の薄い俺の能力では勝てないだろう。

けれど、ローナも処女を失っていれば、少なくとも戦闘中のその可能性はなくなる。

「じゃあ、やっぱりウェンディ様ともすでに？　アリンさんも、ご奉仕だけではなく？」

「ああ、ふたりとも『吸血』して処女ももらっている」

「そうですか……」

ふたりについては予想していたのか、それほど動揺している様子はない。

けれど、やはり自分のこととなると、そう簡単に決断はできないようだ。

「……ローナから『吸血』すると、ジョシュアさんは今以上に魔法が使えるようになるんですよね」

「そうなるな。でも、俺は今までどおりに三人をサポートすることになると思うから、魔法は積極的には使わないだろう」

これでも魔法学園を卒業しているから、知識はモグリの魔法使いよりはある。

けれど、いきなり大量の魔力を得たからといって、使いこなせるわけではない。

ましてやローナは希少なスキルである『二重詠唱』の使い手だし、代わりになれる人材は国中を探しても見つからないだろう。

「だから、ローナの立場は保証する。ウェンディだって下手には扱えない」

それから彼女はしばらく考えて、ついに頷いてくれた。

「分かりました。ジョシュアさんの言葉を信じます」

「ありがとう、期待は裏切らないよ」

「今回のことでは皆さんにご迷惑をおかけしてしまいましたし、罪滅ぼしのためにもローナに出来ることならなんでもしたいです」

ローナは姿勢を正すと、思った以上にしっかりした言葉でそう言う。

彼女も、今回の事件を起こしてしまった責任は重いと感じているようだ。

「ローナが協力的で助かったよ。じゃあ、さっそく初めていいか？」

「は、はい」

それから俺は彼女を連れて寝室まで移動する。

そして、履き物を脱ぐと一緒にベッドへ上がった。

互いに向き合って腰を下ろすと、視線を逸らしてモジモジしている。

「うぅ……すみません、恥ずかしくて……」

スカートを両手でギュッと握りしめながら、どうしたらいいのかわからないといった様子だ。

俺はそんな彼女に近づき、優しく肩を抱いた。

「ひゃうっ!?　ジョ、ジョシュアさん……あっ、んっ……！」

そのまま片手で顎を持つと、少し上を向けさせてキスする。

「んっ、んん！　ひゃっ、ひふぅ……」

おそらく男とこうしてキスするのは初めてなんだろう。

俺と視線が合うと、顔が茹ったように赤くなってしまっていた。

そんな彼女をよそに、俺はキスを続けながら空いている手を動かして愛撫をしていく。

「はふ、ひゃぁ……スカートの、中にっ……」

右手でお尻を撫でると、驚いた体がビクッと震えた。

「ローナの肌、スベスベで気持ちいいね」

「そ、そんなことを言われると恥ずかしいです……。それに、ウェンディ様やアリンさんほどスタイルはよくないので……」

素直に誉めても、そう謙遜するローナ。

しかし、俺は首を横に振って諭すように声をかける。

「そりゃあ前線に立って戦うふたりの体が引き締まっていて綺麗なのは当たり前だ。でも、ローナだって普通の女に比べたら、思わずよだれが出るほどいい体をしているんだぞ？」

「あっ、ひうぅぅっ！　そんなに強くされたら、体の奥がビリビリしちゃいますっ」

声をかけながら、思いっきりお尻を鷲掴みにしてやる。

すると、ローナは強い刺激に蕩けたような表情になった。

そんな彼女の体へ、興奮して熱くなった肉棒を押しつけてやる。

「こ、こんなに……ローナを求めてくれるんですか？」

「ああ、今すぐ犯したくてたまらないよ」

彼女から衣服をはぎとると、そのままベッドへ押し倒す。

「あうっ……ジョシュアさん……」

「ああ、いいぞ……思った以上に素晴らしいな、ローナ」

一糸まとわぬ彼女の肢体は、ウェンディやアリンを見慣れている俺にとっても堪えなれないほどの興奮を感じるものだった。

ふたりと違って純粋な後衛の魔法使いだからか、お腹や手足などが実に柔らかそうだ。

胸だって、アリンの爆乳には及ばないものの十分巨乳と言ってよいサイズ。

全体的に柔らかそうな体と合わさって、思わず抱きしめたくなってしまう。

「これからたっぷり、快楽の味を教えてやるからな」

フェラチオ奉仕やパイズリをされたことはあったが、この体はほとんど手つかずだ。

それを今から犯していくことに、俺は強い興奮を抱いていた。

「まずはよく濡らさないとな」

俺はローナに添い寝するように体を横にしながら、両手で愛撫を始める。

さっきまで触っていたお尻はもちろん、もう片手は豊満な胸へ差し向けた。

「うう、はぁっ！　じょ、上下一緒に……んっ、きゃうっ！」

右手で巨乳を揉みしだきながら、左手で下着越しに秘部をなでる。

今まで経験したことのない異性からの刺激に、ローナはたちまち快楽を感じていった。

「はぁ、はぁっ、んくぅっ！　これ、気持ちいい……自分でするよりいいですっ……あひぅんっ！」

人差し指と親指で乳首を刺激され、背筋を震わせるローナ。

緊張していた表情も、すっかり快感に蕩けてきている。

「可愛い顔になってきたな。そんなに俺の手がいいか？」

「は、はいぃ……ローナの気持ちいいところ、上手にいじめてくれるからぁ……」

顔と同様、声まで蕩けてきている。

俺は反応を楽しみながら、下着をずらして直に秘部を刺激し始めた。

「あひんっ!?　そこはっ、大事なところですっ！」

「ああ。けど、一番気持ちよくなれるところでもある。気をやるほどの快感に溺れさせてやるから、楽しみにしてくれよ」

「そんなっ……ひゃ、ひぐっ！　あひ、はぁっ……！」

ローナは俺の的確な責めに怖さを感じたのか、身をよじって逃げようとする。

けれど、彼女の体をガッチリ確保しているので、どこにも行かせない。

お尻に勃起した肉棒を押し当てて、これからすることを処女に理解させる。

「ふぅ、はぁ……うぅっ……こんなにおっきいの……」

「俺がローナでどれだけ興奮しているか、分かりやすいだろう？」

問いかけに彼女は無言でうなずく。

怯えてはいても、秘部を犯している左手には止めどなく愛液がしたたっていた。

ローナが本能的に、より強い快感を求めているのは丸わかりだ。

「今お尻に押し当ててるもので、これからローナの中を滅茶苦茶にするんだ。期待してしまうだろう？」

「ううっ……だって、指でもこんなに気持ちいいのに、もっと大きいのに入ってこれられたら……！

でも、こんなもの、ローナの中に入らないですよっ！」

「心配しなくても、きちんと入るようになってるんだよ。赤ん坊を産むための場所だからな」

伸縮性で言えば、後ろの穴よりも格段に高いだろう。

「それに、これだけいやらしく成長している体がセックスできないなんて信じられないからな」

「ん、やぅっ！　お、おっぱい揉まないでくださいっ……あふっ、ひぃ！」

右手で乳房を鷲掴みにすると、それだけ嬌声が漏れ愛液がトロトロと湧いてくる。

もう完全に準備が整ったとみた俺は、体を起こしてローナを見下ろした。

「はぁはぁ、はぁっ……ジョシュアさん……」

彼女は脱力して四肢を投げ出しながらも、俺に切なそうな視線を向けてくる。

「ほら、もう我慢できないんだろう。ちゃんと可愛がってやる」

彼女に腰を近づけると、両足を開かせて改めて秘部を露出させる。

そして、無防備なそこに肉棒を押し当てた。

ここに至って覚悟を決めたのか、ローナは手を伸ばして俺の腕を掴んできた。

「うきゅぅ、はぁっ！　ジョシュアさん……ローナの処女、きちんともらってくださいっ！」

「ああ、分かった」

短く答えると、俺は彼女に覆いかぶさって首筋に歯を立て『吸血』する。

その上で両手で彼女の腰を掴んで、その真ん中に肉棒を挿入していった。

「んんっ！　ぐ、ひゅぅぅ……ああ、中につ……ああぁあぁぁぁっ!!」

肉棒がズルズルと奥へ進み、処女膜を容赦なく突き破って子宮口にまで至る。

「ひぎぃっ！　あぐっ……ひゃふぅ、はぁっ……！」

さすがに吸血されると同時に処女膜が破れた瞬間は、彼女も辛そうに眉をしかめた。

けれど、丹念な愛撫のお蔭か、すぐに刺激が快感に変換されていく。

『吸血』のもう一つの能力を使って、感じやすくしたこともあるだろう。

俺がきつい膣内に慣れて、ゆっくり腰を動かし始めるころには、彼女も再び嬌声を上げ始めた。

「あふ、はぁはぁっ……中で、ズリュズリュってうごいてますぅ……はうぅ！」

「んぷ……ごちそうさま。やっぱり処女の血は最高だったな」

血の味のことを言うと、まさに吸血鬼っぽくてよくはないんだろうけれど、旨いものは仕方ない。

それに合わせて処女も奪ったので、彼女から得た能力は完全に俺のものになった。

体の奥底から魔力が湧き上がって、全身に巡る感覚がしっかりと味わえる。

強くなった体の能力をすぐに試したい気もするけれど、今はローナが優先だ。

「具合がよくなってきたなら、もっと気持ちよくしてやる」

俺はそう言うと、彼女の左足を掴んで抱え上げた。

「あぐっ!?　な、なにをするんですか？」

「まあ、任せておけって」

そのまま彼女の片足を体の前で抱えるようにしながら、残った右足を左足で跨ぐ。

松葉崩しの体勢になると、そのまま腰を押しつけた。

「えっ？　あぁぁぁっ!?　やっ、深いっ、さっきよりもっと奥までっ……んぐっ、あふううっ！」

肉棒がズルズルと奥まで侵入して、敏感な子宮口をグイっと突き上げた。

「いいだろう？　この体制は楽に奥まで突けるから、ローナの中を存分に可愛がってやれる」

「ひぃ、ひぅぅっ……だめですっ、これ気持ちよすぎてぇ……あぁぁぁっ!!」

普通なら処女は、硬い肉棒で膣奥を突かれるのは苦痛だろう。

けれど、今のローナは入念な愛撫に加えて『吸血』による発情も加わっている。

おかげで、驚くほどの速さで性感が開発されていた。

「どうだ！　気持ちいいかい!?」

「ひぃんっ！　はぁ、うぅっ……気持ちいいですっ、あひっ、気持ちいいっ！」

むっちりした足を抱えながら、勢いよく腰を打ちつける。

パンパンと肉を打つ音とともに、可愛らしい嬌声が寝室に響いた。

「ひぐっ、んんっ、あひぅっ！　気持ちいいよっ！　ジョシュアさんのが奥まで当たって、子宮いじめられちゃってるのにぃっ！」

「そりゃあ、あれだけ丹念に解せばな。ローナは元々ドスケベだから、セックスに慣れるのも早いんだろうさ」

「あう、そんなっ……でも、本当に気持ちいいの止まらないよぉっ！」

遠慮なく腰を叩きつける度に、その小さな口から甘い声が聞こえる。

さらに形のいい巨乳も揺れて俺を誘惑するので、片手を伸ばして思いっきり鷲掴みにしてやった。

「あひゃうっ!? らめっ、おっぱいまで一緒にっ……んきゅぅぅっ！ ひぃっ、乳首摘ままないでくださいっ！」

「くぅっ……そんなこと言って、触る前から硬くしてたじゃないか。それに、弄られるほどに中が締まっていい具合だ」

ローナの膣は本人に似て臆病だった。

挿入されたばかりのころは若干強張っていたけれど、安心した今はトロトロになっている。

肉棒を突き入れるごとに、ふわふわ絡みついてきて、蕩けるような気持ち良さだ。

その反応の可愛らしさに、もっと犯して刺激してやりたくなる。

「胸と一緒にこっちも強くしてやるからな。いい声で喘いでくれ！」

「そ、そんなぁっ！ 人の体をおもちゃみたいに……」

「でも、それで気持ち良くなるんだろう？」

問いかけると、図星だったのか目線を反らす。

「ううっ、恥ずかしすぎるよぉ……お願いします、もうなにも考えられなくなるくらいグチャグチャにしてくださいっ！」

「言われずとも、そうしてやるさ！」

俺自身も興奮しながら、徐々にピストンを激しくしていく。

ローナの嬌声が大きくなるにつれて、こっちも腰の奥から湧き上がってくる興奮を抑えられなくなっていた。

「はうっ、ひぃ、きゃふっ！　だめっ、もうイっちゃいますっ！」

彼女も我慢できなくなってきたのか、声を漏らしながら訴えてくる。

同時に、膣内も射精を求めるように肉棒へ絡みついてきた。

「くっ、すごいエロさだなっ……そんなに欲しがらなくても、すぐにくれてやる！」

淫らな動きをする膣肉に、こっちも限界まで興奮が高まっていた。

淫靡な音が響く寝室の中で、ふたりの快感ははちきれそうになってしまう。

「ローナ、出すぞっ！」

「ひぃっ、はいっ！　ジョシュアさんっ……はひっ、ふぐううううぅぅっ!!」

俺はせり上がってくる欲望をそのまま、彼女の一番奥で解き放った。

痺れるような快感とともに、精液が子宮めがけて吹き上がる。

「あひいいいぃぃいいいいいっ!!　きゃふっ、熱っ、あぁぁあぁぁぁっ!!　イクッ、イックウウゥウウウゥウゥウゥッ！！！」

精液に子宮を蕩けさせられるような感覚に、たまらず絶頂するローナ。

極限まで興奮を高められていたローナは、求めていた刺激で簡単にイってしまったようだ。

あまりの気持ちよさで涙目になりながらも、なんとか意識は手放さずにいる。

けれど全身は快感に震えてしまっていて、まともに動きそうにない。

その中でも、唯一膣だけは、より多くの精液を搾り取ろうと肉棒を締めつけていた。

「く、ふぅっ……ローナとのセックス、すごく気持ちよかったぞ」

ようやく満足したのか、膣内が大人しくなったので肉棒を引きぬく。

すると、中に溜めきれなかった精液がゴポリと溢れてきていた。

「はぁっ、はぁ……すみません、もう限界で……」

絶頂の余韻からは抜け出したようだけれど、体のほうはそうでもないらしい。

「動けないか？　なら、今夜は俺の抱き枕になってもらおうかな」

「うぅ……まだ敏感なので、いたずらはしないでくださいね？」

俺はベッドへ横になると、ローナの体に手を回して抱き寄せる。

絶頂直後で柔らかく解れた身体と、興奮の余韻でホカホカな体温も心地いい。

俺はリラックスした姿勢で、彼女に話しかけた。

「ウェンディもやる気になっているし、近いうちにボスの吸血鬼と戦うことになるだろう。そのときは、ローナの働きにも期待しているからな」

「は、はい。頑張ります！」

「よしよし、そのためにもたっぷり休息をとって、英気を養わないとな」

俺は軽く彼女の頭をなでると、そのまま体から力を抜いて眠りにつくのだった。

第四章　『死徒のダンジョン』

ローナの処女を貰ってから、十日ほどが経った。

この間にもパーティーは『死徒のダンジョン』四十九階層を攻略し、残すは五十階層のみとなった。

いよいよダンジョン攻略に大手のかかったウェンディは、やる気に満ち溢れている。

シュタインの町にある冒険者ギルドの歴史でも、こうして五十階層への道を開いたのは数えるほどのパーティーしかいない。

この時点で、俺たちは町の冒険者の誰からも認められる実力者になっていた。

「最初の頃とは大違いだな。周りの目も、俺たち自身も」

今はギルドに併設された食堂で、食事をとっていた。

ここに来たばかりのころは、こうして食事をしていても煙たがられていたほどだ。

なにせ冒険者ギルドというのは、腕自慢や自尊心にあふれた連中が集まるので、そんなところに貴族のお嬢様が入っていったら目立つことこの上ない。

実際、食事のためにウェンディが自前の食器を取り出したときには、誰もが信じられないという表情をしていた。さらに言えば、彼らが視線を向ける対象には俺とローナも入っていた。

俺たちはまったくの庶民の出だけれど、魔法学園を卒業したというだけでも、別世界の人間に見えるらしい。

確かに冒険者には、魔法学園を中退した者や、そもそも学園に通わず独学で魔法を修めた魔法使いたちが多い。

彼らにとっての俺たちは、お高くとまった気に入らない相手に見えたのだろう。

けれど、今は違う。馴れ馴れしく話しかけてくる者こそいないが、誰もが遠巻きに畏怖と畏敬を込めた視線を送ってきていた。

今このギルドでは、俺たちが一番、ダンジョン攻略を進めているパーティーだからだ。

冒険者としてのレベルも相応に上がっている。

「はむっ、んっ……はぁ、お肉もワインも美味しい。やっぱり最高級の料理は違うわね」

まず、ウェンディは六十七レベルまで上昇していた。

六十レベル以上あれば、高難易度のダンジョンの踏破に可能性が出てくると言われているので、上の下程度の難易度とされている『死徒のダンジョン』を攻略するには適正なレベルだ。

彼女は魔法剣士としての技能に加えて、積極的に前に出て戦う姿勢でレベルを上げていた。

冒険者としては、もう一流と言っても過言ではないだろう。

「お嬢様、あまり飲みすぎないようになさってくださいませ」

アリンは六十四レベル。

今ではこれでも、パーティーの中では最低のレベルだ。

本人の技量はトップだが、基本的にウェンディを援護するような立ち回りをするので、とどめを刺すような活躍の頻度が少ない。それがレベルに現れた結果となった。

「ううぅう、いよいよ吸血鬼との戦いが……不安で胃が痛くなりそう……」

ローナは六十五レベルまで上昇している。

基本的には魔法を放つ砲台としてあまり動かないが、一撃一撃が強力なので、倒したモンスターの数はパーティーで一番だ。

最近は『二重詠唱』のスキルにも磨きがかかって、より火力が増している。

ボスを除けば、ダンジョンには最早、彼女の魔法を受けて耐えられるモンスターはいないだろう。

「何でもいいが、食いすぎで体調を崩すとかはやめてくれよ」

そして俺のレベルだが、なんとパーティーで最高の七十レベルだ。

中衛として前に後ろに動き回っていた上、先日ローナの血を『吸血』したことで一気に上昇した。

仲間を援護するためにパーティーの状況を把握する立場にいたため、状況判断能力にも自信がある。

そんな個々の力はもちろん、パーティーとしても連携は取れているほうじゃないだろうか。

性格はともかくとして、剣士としての能力に優れるウェンディはみんなをよく引っ張ってくれる。

暴走気味になったら俺とアリンで引き留めるし、前衛で対処できない相手はローナが魔法で焼き尽くす。

回復魔法の使い手がいないのが残念だけれど、回復系の魔法使いは魔法学園の卒業生以上に貴重な人材なので仕方ないな。

「ウェンディ様、デザートはいかがでしょうか？」

食事が終わると、すかさず職員がテーブルにやってきてウェンディにお伺いを立てる。

冒険者ギルドも、最初はノイマン伯爵の娘ということで扱いに困っている態度だった。

だが、実力が伴ってくると、こうして何かと気を使ってくれるようになった。

親の七光りならともかく、自分の実力からなので、本人は機嫌がよさそうだ。

「デザートはいいわ、明日はいよいよボスに挑むんだもの。しっかり休まないと」

「ほほう、いよいよですか！　ギルドとしてしても出来る限りのサポートをいたします」

「なら、出立までにいくつか道具を用意してもらえる？」

「もちろんですとも！」

冒険者ギルドとしても、ダンジョンの攻略者が出るのは良いことなんだろう。

難易度の高いダンジョンでも、実際に攻略者がいれば、自分もと思って挑戦する冒険者は増える。

それがこのダンジョンの管理権を持つノイマン家の息女ならなおさら、文句はないということだ。

「ジョシュア、こっちの準備は出来ているわよね？」

「ああ。といっても、普通に吸血鬼対策をするしかないんだが」

過去に、五十階層まで踏み込んで戻ってきた冒険者パーティーはいない。

予想どおりで、ボスが吸血鬼だということだけは間違いないようだが、それ以外は謎だった。

なので、出来る限りの吸血鬼対策を持っていくつもりだ。

「教会で聖別された聖水、銀製の短剣（ダガー）、それに白木で作った杭（くい）……。いちばん効くのは日光なんだけど、さすがにダンジョンの中までは持ち込めないからな」

吸血鬼を殺すには、首を切り落とした上で心臓に杭を打ち込まないといけない。

順番は前後してもいいが、とにかく頭部と心臓を同時に破壊しないと再生してしまうんだ。

「まったく厄介な性質よ。もっとどうにかならないの？」

ウェンディが意味深な視線を向けてくる。

どうやら吸血鬼の血が流れている俺に、良いアイデアを期待しているようだが、それは無理だ。

「俺はちょっと前まで、自分の出自にあんな因果が絡んでるなんてことも知らなかったんだぞ。簡単に画期的なアイデアを思いつくわけがないだろう」

他人のいる空間なので、吸血鬼の血筋という単語を使うのは控える。

「まったく、使えないわね……。まあいいわ、こうなったら実力で仕留めるだけよ！」

「ああ、それが一番確実だな。俺たちも最初のころとは違う」

とはいえ、もちろん不安はある。

ボスの吸血鬼は、俺たちが考えているよりずっと強力かもしれないからだ。

血の薄まった俺でも、ウェンディたちを『吸血』して能力をかなり上げている。

最初は剣も魔法もダメダメで冒険者として新人以下だった俺が、今では高い身体能力と魔力のおかげで戦闘から補助まで出来る万能冒険者だ。

そして、おそらく吸血鬼は、これまで五十階層に挑んだ冒険者たちを返り討ちにし、その度に『吸血』を行って能力を強化しているのではないか。

劣化のない血を持つボスの『吸血』ならば、性別も貞操の有無もなく永続的に能力を吸収できるだろう。今まで何人、いや何十人の血を吸ってきたのか想像もつかない。

それでも、俺が今後も表の世界で安心して生活していくには、ダンジョンのボスを倒して攻略するという名声が必要だった。

「相手がどんな存在だろうと、やるしかない」

「ええ、そうね。かならず倒してやるわ」

俺とウェンディは、顔を見合わせて頷く。

この件に関しては互いに協力するしかないこともあって、関係は良好だ。

「さあ、そろそろ宿に戻りましょう」

ウェンディが席を立つと、俺たちも一緒に宿へ帰ることに。

その日はさすがに誰かをベッドに連れ込むこともなく、静かに眠りについたのだった。


そして、翌日。

準備を整えた俺たちは、ついに『死徒のダンジョン』の五十階層へ足を踏み入れていた。

「ここが五十階層ですか……なんだか静かですね」

緊張からか、普段は口数の少ないローナがそうつぶやいた。

「そうだな。ダンジョンの最終階層だから、それにふさわしい強力なモンスターがいるかと思ったんだが」

ざっと観察したところでは、今まで攻略してきた階層との大きな違いはない。

薄暗いが大きな地下道で、道はずっと奥まで続いている。

いくつか分かれ道はあるようだけれど、中央以外はどれも行き止まりらしい。

少し調べてみたが、どの道中も同じようにモンスターに出会うことはなかった。

「まあ、ボスとの戦いを前に消耗しないのは良いことだわ」

ウェンディは気にした様子もなく、武器にも手を置かずにリラックスしている。

本来なら注意するところだけれど、ここでは本当にモンスターが出ないようだし良いだろう。

「しかし、なぜここにはモンスターがいないのでしょう。ジョシュア様は何か見当がつきますか？」

「さあ、案外みんな、吸血鬼が怖くて逃げだしたとかかもしれないな」

問いかけてきたアリンさんが、俺の予想に目を丸くする。

「まさか、モンスター同士で恐怖を感じるほどだと？」

「俺の先祖である吸血鬼も、そんな仲間が恐ろしくなって逃げだしたのかもしれない」

「信じ難いですが、可能性の一つではありますね」

なんにせよ、ボスの吸血鬼を倒せばすべて片がつく。

しばらく進んでいると、奥に大きな扉が見えてきた。

通路いっぱいのサイズに作られたそれは、開けるだけでも数人がかりの力が必要そうだ。

「明らかに怪しいわね」

「はい、おそらくこの奥に吸血鬼がいるかと」

「だったら乗り込むわ！　グズグズしていても意味ないもの、扉を開けなさい!!」

「あわわわわっ!?　こ、心の準備がっ！」

「確かに、他に道はないけどなぁ……。くっ、嫌な予感でゾクゾクする」

やる気十分の彼女は、止める間もなくそう決定した。

アリンは黙って彼女の指示に従い扉を開け、ローナは悪夢の扉が開いたかのようにビクビクしている。そして、俺は扉の奥から漏れ出てくる気配に本能的な嫌悪感を抱いていた。

「いるな……」

扉が完全に開くと、中の部屋の様子が見える。

ここは今まで見たどの部屋よりも大きく、床や壁に石材が敷き詰められて神殿のようになっていた。中央は広場になっていて、周囲を太い石材の柱が囲っている。

「さあ、行くわよ！」

ウェンディは辺りを警戒しながらも、真っ先に部屋の中へ入っていった。

普通なら尻込みしてもおかしくない場面だが、この度胸は流石といったところか。

「お嬢様、おひとりでは危険です！」

「先頭を行くのはいいけれど、先走るなよ」

「うう、おいていかないでくださいっ！」

彼女の後を俺たち三人が追従していく。最後尾は俺だ。

背後から奇襲されて、ローナを倒されてしまってはマズい。

だが、部屋の中央に移動するまでは、何事も起きなかった。

「おかしいわね、ここではないのかしら」

「いや、それはない」

怪訝な表情をしながらそう言ったウェンディを、俺は否定する。

「ジョシュア、なにか分かるの?」

「さっきから嫌な雰囲気がしているんだ。確実にいるぞ」

「本能的な危機感というやつかしら? なら、油断はマズいわね」

俺たちは後衛のローナを守るようにしながら、全周囲を警戒する。

しばらくすると、どこからともなく霧が湧いてきた
霧はすぐに充満していき、部屋中に満ちていった。

「な、なんなんですかっ!?」

突然のことに、ローナがパニックになりそうになる。

ここまでダンジョンを攻略してきて、こんなことは初めてだ。

「落ち着くんだローナ。幸い完全に視界が効かないほど濃くはない」

俺は彼女をなだめるように言いながら警戒を続ける。

霧は辺り一面に広がっているけれど、なんとか部屋の壁が見えるくらいの視界はある。

ただ、相手が仕掛けてくるとすれば今だろう。

そして予想どおり、部屋の中に声が響いた。

「よく来たな、冒険者たちよ。この部屋に人間が立ち入るのは何年振りか……」

「吸血鬼だな？」

「ああ、そのとおり。そしてこの『死徒のダンジョン』の主だ」

驚いたことに、声は女のものだった。

俺たちが来たことを楽しんでいるのか、機嫌はよさそうだ。

「ちょうどいい、魔法の研究にも飽きてきたところだ」

「研究だと？　吸血鬼がか？」

「ふふ、おかしいか？　我を他の下等なモンスターと同一視してもらっては困るな」

どうやらここのボスは、想像以上に高い知性を持っているらしい。

長い年月、真面目に研究を行っていたとすれば、人間以上の魔法知識を持つだろう。

「どこにいるの？　出てきなさい！」

一向に姿を見せない吸血鬼に業を煮やして、ウェンディが声を上げる。

「そう騒ぐな姫騎士。それに、我はすでに姿を現しているぞ？」

「ッ！　ローナ、風をぶっ放せ！」

その言葉で事態を察した俺は、彼女に声をかける。

しかし、返事がない。

とっさに振り返ると、そこには口をふさがれて拘束されている彼女の姿があった。

「ふふっ、気付くのが少し遅かったなぁ」

俺たちが守っていたはずのローナのすぐ横に、ひとりの女がいた。

病的なほどの白い肌に、光を吸い込むような黒い色の髪を腰のあたりまで伸ばしている。

そして、その瞳は怪しく金色に輝いていた。

「き、吸血鬼……霧に紛れていたのか！」

俺はこれまでに調べた知識を思い出して、そう結論づける。

吸血鬼特有のスキルの一つとして、『変化』のスキルがある。

これは文字どおり肉体を別のものに変化させることが出来て、蝙蝠などの動物はもちろん霧などの無機物にも変化できるらしい。

おそらくはそのスキルを使って、充満している霧に紛れて近づいたんだろう。

情報としては知っていたのに、話しかけられたことでも注意が逸れて、奴の接近に気づけなかったようだ。

残った三人は反転して、吸血鬼にそれぞれの得物を向ける。

けれど、ローナを人質に取られている状況では動くに動けない。

一方の吸血鬼は余裕の表情だ。

片手でローナの口元を抑えながら、もう片方の手で首に触れている。

このような細い首など、一秒で折れるとでも言いたそうだ。

「今回のパーティーは四人か。今までで最小だな、誇っていいぞ？」

「あらそう、まあわたくしが優秀だもの」

「ははっ！　よい自信だな姫騎士。だが、この状況では笑いの種にしかならないぞ？」

「くっ……」

仲間の命を握られて、圧倒的に不利な状況だ。

ウェンディもさすがに、ローナを見捨てるようなことは出来ないらしい。

彼女が殺されれば、吸血鬼と戦っても火力不足で負ける未来が見える。

向こうもそれが分かっていて、真っ先にローナを狙ったんだろう。

「なに、心配せずとも殺しはしない。なにせ数十年ぶりに現れた挑戦者だ、たっぷり楽しませて貰わなければなぁ」

「楽しむだと？」

「そうだ、一流の冒険者といえど結局は人間。人知を超えた我の力には敵わないよ」

吸血鬼はくつくつと笑うと、楽しそうに話を続ける。

「十分満足に戦ったら、見た目のいい者だけ生かして、奴隷にしてやっているんだ。痛めつけたり、犯したり、あるいは仲間同士で殺し合わせたり……数年は楽しめる玩具になる。飽きれば血を吸って能力を奪い、殺してしまえば無駄もないしな」

そう言う吸血鬼の表情には、罪の意識はかけらもないようだ。

「こいつ……」

今まで何人の冒険者が、そうした悪逆の果てに殺されたのかと思うと怒りが湧いてきた。

「見た目は人間に似ていても、やはりモンスターね。今すぐローナを放しなさい！　細切れにして、灰も残さず焼いてやるわ!!」

ウェンディも話を聞いて怒っているようで、レイピアを握る手にいつも以上に力が入っている。

「ふふふ……今回は美女が多くてよいな。男はとっとと殺して、三人は我の奴隷にしてやろう」

吸血鬼はそう言うと、次の瞬間、再び霧に変化して姿をくらました。

「ローナ！　大丈夫か？」

「えほ、えほっ！　だ、大丈夫です。すみません、捕まっちゃって……」

「いや、俺たちこそ悪かった。戦えるか？」

「はい！　あんな奴、許しておけません」

ローナは立ち上がると杖を構える。

普段大人しい彼女にしては珍しく、吸血鬼に対してかなり怒っているようだ。

「まずは邪魔な霧を吹き飛ばします。『ミニトルネード』！」

呪文を唱えた次の瞬間、俺たちの周りに竜巻が生まれた。

「さあ、気色悪い霧をすべて巻き上げてください！」

ローナが魔力を込めると竜巻がいっそう強さを増し、部屋中の霧を巻き込んでいく。

霧は竜巻に吹き飛ばされて、あっさりと消えていった。

「さすがローナさん。すさまじい威力ですね」

「わたくしのパーティーメンバーだもの、これくらい出来てもらわなければ困るわ。それで……出てきたわね」

ウェンディが視線を移動させた先には、吸血鬼の姿があった。

どうやら霧のままでは竜巻に呑まれかねないと判断して、元の姿に戻ったのだろう。

「まったく酷いな、髪がボサボサになってしまう。しかし、やはり楽しめそうだ」

ローナの魔法の威力を見ても、まったく臆する様子がない。

となると、やはり相当に警戒しなければならないか。

「ああそうだ。女たちはともかく、男はどこの誰とも知らぬ者に殺されるのは不憫だし、名乗っておいてやろう。我の名はルシェダ。このダンジョンに君臨する絶対者だ」

吸血鬼改め、ルシェダは、そう言うとゆっくり両手を広げる。

「『ブラックフレア』！」

「ッ！　マズい、きます！」

次にくる動きを察知したローナの言葉に、俺たちは一斉に散開する。

ウェンディとアリンは右に、俺はローナを抱えて左に。

一瞬の後、ルシェダの手から黒い火炎が放たれた。

まるで話に聞いたドラゴンブレスのようなそれは、直前まで俺たちがいた場所を焼き尽くす。

「これはっ!?　黒い炎なんて、見たことも聞いたこともない魔法です！」

「奴のオリジナル魔法か。なんにせよ、想像以上の脅威度だな」

強力な魔法を使うだけならまだしも、新しく生み出すとなると桁違いの労力と才能が必要になる。

ルシェダは性格はともかく、魔法使いとしては一流に違いない。

誉(ほまれ)高い魔法学園の教師にだって勝ることだろう。

「ジョシュアさん！　受け身はいけません、攻勢をかけます！」

素早く体勢を立て直したローナは、杖を掲げて精神を集中させる。

「雷よ、雷よ、我が手に宿れ！　『ライトニングランス』！」

ローナが得意とする雷魔法がルシェダめがけて放たれる。

それも一発二発ではなく、まるで連弩のような連射だ。

『二重詠唱』を駆使して交互に絶え間なく発動することで、雷撃の雨を降らせている。

圧倒的な制圧力であり、さすがのルシェダも回避ではなく防御を選択させられている。

「ちっ、人間にしてはやるではないか」

目の前に先ほども見た黒炎を渦巻かせ、雷撃を防御するルシェダ。

どうやらあの黒炎は、色々な形態に変化させることができるようだ。

「よし、今の内だ！」

相手の足が止まっている間に回り込んで接近する。

部屋の反対側に逃げたウェンディたちもこちらの動きを察したようで、ルシェダに向かって走っていった。

「お前はここで倒す！」

「そう簡単にやらせるものか！　人間！」

走る勢いを剣に乗せ、そのまま切りかかる。

しかしルシェダもとっさに黒炎で剣を作り出し、俺の斬撃を受け止めた。

「む、ぐっ……貴様、見かけによらぬ怪力だな」

わずかに驚いたような表情を見せるルシェダ。

向こうが片手で俺が両手だとはいえ、人外の膂力に対して競り勝っている。

自分の剣が、人間相手に徐々に押し返されてくる光景は想像していなかったのだろう。

「このまま首を斬り飛ばしてやる！」

「はっ、仮にできたとしても、その程度で我は死なぬぞ！」

「心配ない、後は仲間がとどめを刺すからな！」

「ッ！」

俺の言葉にルシェダが反対側を向く。そこでは、すでにウェンディが切りかかってきていた。

「吸血鬼ルシェダ、覚悟っ！」

「ギャッ！　お、おのれ人間風情が！」

ウェンディの突きは奴の頭部へ直撃コースだった。

ルシェダはなんとか突きを回避したものの、わずかに剣先が擦れて頬が避ける。

強引に俺を振り払って飛び退いた奴は、頬から垂れる血を見て怒りの表情を浮かべた。

そのまま襲い掛かってくるかと思い身構えていたが、その場でうつむくと体を震わせ始める。

「……くっ、ふはははは！　この我を傷つけるとは。いったい何年振りか！　よいだろう！

奴隷にするのは止めだ。本気で殺してくれる！」

顔を上げたルシェダは、その手に一冊の本を呼び出した。

まがまがしい雰囲気を纏うその本は、間違いなく魔導書だろう。

「まさか、あれが話に聞いていた魔導書か？」

「詮索している暇はないわ！　くるわよ！」

咄嗟にその場から飛び退くと、直後に無数の黒い火炎弾が床の石材を穿った。

「くっ……さっきよりパワーもスピードも上がっているわ」

「かすっただけでも大ダメージは確実だ、気を付けろ！」

必死に回避する俺たちに対し、ルシェダは高笑いしながら火炎弾を連射してくる。

「ははははっ!!　逃げろ逃げろ！　我の前で無様に踊れ！」

そんなルシェダへ、背後から静かに近づく影があった。

「タダでは殺さぬぞ？　この傷の代償に、手足からじっくり潰して……ッ!?」

怒り狂っていたルシェダの首に腕が巻きつく。

「ぐっ……がっ……！」

とっさに首元へ手を動かし腕をはずそうとするルシェダだが、完全に決まった技はそう簡単に解けない。集中力も途切れたのか、魔法の発動も止まる。

「ローナさん！　今のうちに！」

もちろん、作戦どおり潜伏に徹していたアリンだった。

「はいっ！」

ローナは腰に結びつけてある革袋を取り出す。中身は教会で聖別された水。いわゆる聖水だ。

いかに強力な吸血鬼といえど、不浄の存在である限り、これに耐えることはできない。

「えいっ！」

ローナは革袋の口を開けると、そのままルシェダへ向けて投げつける。

命中すれば、奴は相当なダメージを受けるだろう。

「んぐっ……！」

本能的にか、その革袋の中身の正体を察したルシェダは『変化』スキルを使用した。

彼女の体が無数の蝙蝠に変化し、アリンの拘束と聖水の脅威から逃れる。

それに続けて、そのまま無数の蝙蝠がアリンに襲い掛かった。

「くっ、近寄らないで！　あうっ！」

彼女は手で追い払おうとしたけれど、飛行する蝙蝠と格闘技では相性が悪い。

瞬く間に体中にたかられて、そのうちの数匹が噛みついた。

「くぅっ!?　だめ、体が……力が入りませんっ……！」

みるみる内に彼女はその場に崩れ落ち、動けなくなってしまう。

「アリン！」

「待て！」

臣下の危機に思わず駆け寄ろうとしたウェンディを、俺が止めた。

「落ち着け、いま行ってもアリンの二の舞になる。ローナ、蝙蝠を追い払えるか？」

「はい！　『ミニ・トルネード』！」

すぐさま先ほどと同じ竜巻が現れて、アリンの傍から蝙蝠を吹き飛ばした。

今度こそウェンディと一緒に彼女の元へ近寄り、助け起こす。

「アリン！　大丈夫？　意識は？」

「だ、大丈夫です……しかし、体が痺れてしまって動きません」

「麻痺毒を流し込まれたのか……」

外傷はほとんどないので命に別状はないけれど、戦力としてはもう数えられない。

「ジョシュア、あなたの補助魔法では、どうにかできないの？」

「猛毒は血流にのって体中に回ってしまっている。一級の回復魔法使いでもないと無理だ」

「そう……とりあえず、アリンは後ろに下げるわよ」

軽々と彼女を抱え上げ、安全な柱の陰に移動させるウェンディ。

その間に、俺は再び人間の体に戻ったルシェダと対峙した。

こちらの戦力をひとり減らして優位に立ったはずだが、なぜか先ほどよりも警戒するような目でこちらを見ていた。

「貴様……あの女はどういうことだ？」

「何が言いたい？」

「我は先ほど、奴を痺れさせるついでに『吸血』しようと血を吸った。だが、本来なら我のものになるはずの能力が何もない。まるですでに誰かに『吸血』された後のようだった。まさか、ほかの吸血鬼に捕らえられたことがあるというのか？」

どうやらアリンの血に触れたことで、自分以外の吸血鬼の存在を感じ取ったらしい。

「このダンジョンには、我以外には吸血鬼はいない。かつては同族もいたが、我に逆らったために滅ぼしてやった」

「ほう、なるほど。昔はここにも吸血鬼がもっといたのか」

当事者からの話を聞いて、俺は笑みを浮かべた。

どうりでここに来てから、気色悪い感覚が抜けないはずだ。

こいつは俺のご先祖様を滅ぼしかけた、不倶戴天の仇だったのだから。

俺に流れる血が、目の前の吸血鬼を滅ぼせと言っているようだった。

「……？　人間、なにを笑っている？」

「いや、俺じゃない。笑っているのは、俺の血に宿っているご先祖様の思いだ」

「なに、先祖だと？　まさか、先ほどの怪力の正体はっ!?」

ようやく思い当たったのか、目を丸くして驚くルシェダ。

そんな彼女に、俺は人差し指を突きつける。

「ああ、そうだ。お前に殺されかけた吸血鬼の末裔らしい。可能性はあったが、まさか本当にそうだとは驚いたけどな」

「お……お前が、奴の子孫だと？　馬鹿な、アンデッドの吸血鬼が人間の子を残せるはずがない！」

「さあ、その辺りの事情は知らないな。ただ、俺のご先祖様がお前と同格だったらな、子孫を残す魔法を開発出来てもおかしくはない」

　そして、アンデッドが子を成すというイレギュラーな方法だからこそ、今まで正体がバレず、血を受け継いでこられたんだろう。

「俺個人としては、とくに強い恨みはないんだけどな。先祖の恨みと、これからの将来のために、大人しく退治されろ！」

　俺は剣を握りしめると、再びルシェダに斬りかかった。

「くっ、おのれぇ！」

　向こうも黒炎の剣を振るって迎撃してくる。

　しかし、先ほどの話がよほど衝撃的だったのか、冷静さを欠いていた。

　二合、三合と斬り合って、四合目に黒炎剣を大きくはじく。

「ぐあっ！」

「そこだっ!!」

　俺は左手を剣から離し、懐から銀製の短剣を取り出した。

　そしてそのまま、隙を見せたルシェダの左手首を切り落とす。

「ぐううううぅぅっ!!」

　激しい痛みに端正な顔立ちを歪ませ、大きく後退するルシェダ。

「どうだ、痛いか？　銀製の短剣で切断されたら、いくら強力な吸血鬼でも、すぐに再生はできないだろう」

「よ、よくもやってくれたなぁぁぁぁ！」

左手首から血を滴らせながら、右手で魔法を発動する。

無数の火炎弾が降り注いで、俺は大きく回避せざるを得なかった。

「はぁはぁ、ぐぅっ……人間……混じり物ごときがぁ……！　ひとりたりとも生かしておくものか、ここで粉みじんにしてくれるっ！」

怒りに我を忘れて、出鱈目に魔法を連射してくるルシェダ。

狙いがおおざっぱなので回避は楽だけれど、こう弾幕を張られていては近づけない。

大きな柱の陰に身を隠していると、ちょうど隣の柱に、ウェンディとローナが逃げ込んでいた。

「ちょっとジョシュア！　あなたが怒らせたから、こっちにまで魔法が飛んできているわよ！」

「こ、このままじゃ柱も保たないですっ！」

この石材の柱は、大の大人が三人がかりで囲んで手を繋げるほどに太い。

けれどルシェダの攻撃はすさまじく、あと数分と保たないだろう。

「全力で障壁を張れば、さらに三十秒くらいは防げるかもしれないですけど、その後は……」

不安げにそう言うローナ。

いかに優秀な魔法使いでも、魔力の保有量はルシェダのほうが圧倒的に多い。

奴はこれまで、ボス部屋までやってきた何人もの優秀な魔法使いから『吸血』しているのだから。

「長期戦は無理だ、一気にカタをつけるしかない」

「それには同意するわ。でも、この弾幕の中を進んでいくのは不可能よ！」

普段は強気なウェンディが、明確に無理だと言うレベルの攻撃。

能力が強化された俺でも、数発まともに食らえば生きてはいられないだろう。

魔法を撃ち合うのは下策だし、逃げることもできない。

危険を承知で正面突破するしか道はない。ただ、無策で突っ込むのは自殺行為だ。

「ウェンディ、俺に血をくれ」

「はっ!? いきなりなにを……ここで？」

「ああ、相手が弾幕を張っているなら、ふたりで突撃しても無駄だ。けど、『吸血』で一時的にでもさらに能力を強化できれば、弾幕を突破できるかもしれない」

だが、俺の提案にウェンディは激怒した。

「ジョシュアがひとりで突っ込む気？ ふざけないで！ このパーティーのリーダーはわたくしなのよ！ アリンもやられて、まだその借りも返していないんだから！」

プライドの高い彼女らしい言葉だった。

けれど、それを許すわけにはいかない。

「頼むから言うことを聞いてくれ。俺が奴のもとにたどり着いて勝つことが出来ても、頭と心臓の両方を破壊する余裕はないだろう。ウェンディにはトドメを頼みたい。ローナには精いっぱい障壁を張ってもらうから、動けなくなってしまうだろうからな」

「ぐっ……」

それでも何か言いたそうにするウェンディだったが、最終的には頷いてくれた。

「いいわ、でも奴のもとに向かう途中で倒れるなんていう、情けない姿は見せないでよね！」

「任せてくれ」

「行くわよ！」

ウェンディは弾幕が薄くなるタイミングを見計らって、こちらの柱に移動してくる。

俺のいる柱と、彼女のいる柱の距離は歩いて十歩ほど。

ルシェダまでの距離は五十歩ほどなのではるかに短いが、それでも彼女はこちらの柱に到達するまでに数発ほど火炎弾をかすってしまった。

俺は飛び込んできたウェンディの肩に手を回し、抱き寄せる。

「大丈夫か？」

「ええ！　それより、戦いの最中なんだから、手っ取り早く済ませなさい！」

「じゃあ、始めるぞ」

体の傷も気になったが、見た限り致命傷ではないので無視して首筋に噛みつく。

「んっ！」

ウェンディが一瞬眉をひそめるが、俺は構わず血を吸った。

あまり意識したくはないが、やはりこいつの血は旨い。

処女を失った後でも、思わずむさぼってしまいそうだ。

直後、体の奥底から熱いものが滾って、調べなくとも能力が上昇しているのが分かる。

「はぅ、くっ……」

血を吸われたウェンディは、『吸血』の作用で顔を赤らめていた。

夢中で血を吸っていたので、少し魅了の能力も使ってしまったのかもしれない。

首筋から口を離すと、彼女がこっちを睨んでくる。

「こ、このっ……わたくしが戦えなくなったら、どうするつもり？」

「そのときは俺ひとりで、刺し違えてでもルシェダを仕留める」

先祖の仇で、今は仲間を傷つけられた敵だ。

それに、負けてしまったら全員が拷問まがいのことをされることになる。

それなら、自爆覚悟でも倒したほうがいい。

けれど、俺の言葉にウェンディは怒った表情になった。

「そんなこと、許さないわよ！　トドメを刺すのはこのわたくしだもの！」

「ああ、はいはい。分かったよ」

「先陣を譲ってあげたのだから、しっかり役目を果たしなさい！」

これはちゃんと手柄を残しておかないと、かなり怒られそうだ。

俺は剣を握ると、ローナに声をかける。

「頼むぞローナ、なんとか障壁を持ちこたえさせてくれ」

「が、頑張りますっ！」

俺がルシェダのもとまでたどり着けるかは、彼女の魔法にかかっている。

出来るだけ長い間、魔法の盾を維持してもらわなければ、火炎弾でハチの巣だ。

「よし、行くぞ！」

「こっちも行きます！　『マジックカタフラクト！』」

ローナが呪文を唱えた直後、俺の周りに半透明な魔法の障壁が展開された。

元は騎兵の突撃のときなどに、防御力を強化するための魔法だ。

普通の魔法使いは覚えていないマイナーな魔法なのに、さすがローナだ。

魔法障壁の輝きに満足した俺は、柱から飛び出す。

「行くぞルシェダ！」

「ぬっ、来るか！　破れかぶれの突撃など！」

俺の姿を確認したルシェダは、こちら側へと攻撃を集中させた。

怒りに呑まれていても、まだ対象を判断する程度の理性は残っているらしい。

「これで燃え尽きてしまえぇ！」

火炎弾の弾幕がいっそう激しく襲い掛かる。

「くっ……！」

数十発の火炎弾が、魔法障壁に連続して着弾する。

障壁は持ちこたえているが、炸裂の光と音は思わず顔をしかめてしまうほど激しい。

しかし、直前の『吸血』によって強化された身体能力で無理やりにでも足を動かし突撃する。

「うおおおおっ!!」

「まだ向かってくるかぁっ！」

ルシェダとの間にあった距離が、瞬く間になくなっていく。

そして数秒後、ついに剣が届く間合いに到達した。

「このっ、いい加減に倒れろっ！」

「ぐぁっ!?」

しかし次の瞬間、とうとう限界を迎えた障壁が破壊されてしまった。

続けて襲い掛かってくる火炎弾を転がってかろうじて回避するけれど、ルシェダは次弾を用意している。

「残念だったわね、ここで滅びなさい！」

「ジョシュアさんッ!?」

目の前に三発火炎弾が迫り、背後でローナの悲鳴が聞こえた。

そのどれもが俺の体に当たるコースで、中でも一発は頭部に向かってきている。

眼前に迫る火炎弾へ向け、俺は無我夢中で剣を振るった。

可能な限り強化された身体能力のおかげか、俺に直撃するはずだった火炎弾の軌道に剣を滑り込ませることに成功する。

「ぐうううううぅぅっ！」

残り二発、左肩と腹部に、衝撃と熱による苦痛が広がったけれど、まだ死んではいない。

「なっ!?」

これで勝負がつくと確信していたのか、ルシェダは大きく驚いた。

そして、それはこの場において致命的な隙だ。

「そこだぁっ!!」

痛みをこらえて大きく一歩を踏み出し、剣を横薙ぎに一閃。

驚愕の表情のまま、ルシェダの首が胴体と別れた。

「……ウェンディ!!」

一瞬の攻防で限界まで消耗してしまった俺は動けない。

唯一働く口を使って、後ろにいるはずの彼女に声をかけた。

「ええ、もう来ているわ！　後はこのわたくしに任せなさい！」

そんな言葉と同時に、ウェンディが俺を追い越す。

手には、このときのために用意した杭。

「これでっ、終わりよっ!!」

彼女はそれを、ルシェダの心臓位置に思い切り打ち込んだ。

「ギッ、グアアアアアアァァァァ!!」

一瞬のことに、ようやく理解が追いついたように悲鳴を上げるルシェダ。

首を切られ、その上で心臓を破壊されている。

いくら強靭な生命力を持っている吸血鬼でも、ここから復活することはできないはずだ。

残された頭部も首から大量に血が流れ、活動を終えようとしている。

「わ、我が……真祖の……」

奴は何か言おうとしたが、最後まで言葉を紡げずに力尽きた。

部屋の中を沈黙が覆う。

誰もがまだ、これで終わったとは信じられないようだ。

けれど、現にルシェダは俺の目の前で、首だけのモノ言わぬ姿になった。

圧倒的な力を持った不死者を、俺たちが討ち取ったのだ。

「……ふふ、あはははは っ!」

沈黙を破ったのは、やはりというかウェンディだった。

「やったわ! ついにやった! わたくしが『死徒のダンジョン』を攻略したっ!!」

彼女は感極まったように両手を大きく広げて、天井を見上げた。

「これで! もう! 誰にもわたくしに文句は言わせないわ! うふふふふっ!」

「はぁ、良かったな。うぐっ……冷静になってきたら痛みもひどくなってきた……」

激しい戦いで全身ボロボロだけれど、特に火炎弾を食らった肩と腹が酷い。

その場で腰を下ろして様子をみると、傷口が爛れているのが見えた。

「うわ……これは酷いな……」

不死者の血が混じっているためか、どうも俺は回復薬などの効きが悪い。

その分、自然回復の能力が高いのだけれど、この傷が全快するにはかなり時間がかかるだろう。

もしかしたら、傷跡は一生残ってしまうかもしれない。

「けど、どうにか生き延びたな……」

相変わらず高笑いを浮かべているウェンディの横で、俺はダンジョンに入ってからようやく気を休めるのだった。


それから、俺たちは無事にダンジョンを脱出して生還することができた。

気を失っていたアリンも回復し、負傷していた俺は彼女に肩を貸してもらって何とか這い出てきたような有様だけれど。

そのままでは報告も何もあったものではないので、数日を休息兼、傷の回復にあてることに。

比較的元気だったウェンディは、その間にいろいろと手を回し始めたらしい。

確固たる名声を得て、俺たちの秘密が露見しても生活を安定させるのが目的だからな。

攻略の証拠として、ウェンディはルシェダの首をケースに入れて持ち帰った。すでに危険はないが、陽の光に当てることはできないからだ。

まあ、これがあれば誰からも文句を言われることはないだろう。

それに、強力な吸血鬼の遺体は優れた材料でもあるため、一体でもかなりの財産になると聞く。

アンデッドであるから肉体は腐敗しないし、あとでボス部屋に残された体を回収しに行ってもいいかもしれない。『死徒の魔導書』も探さなければいけないしな。

ボス部屋の奥には、ルシェダが魔法の研究に使っていたらしい部屋もあった。

チラッとだけ確認したけれど、あそこにも貴重なものが多くあるだろう。

所有権はすべて討伐者の俺たちにあるので、どうするかも相談だ。

何はともあれ、俺たちは『死徒のダンジョン』の攻略成功を認められた。

これまでに誰も攻略できなかった『死徒のダンジョン』を踏破したことは、大変な名声になる。

すぐに方々へ連絡が行ったので、ウェンディの実家であるノイマン伯爵家も知ったらしい。

身内が領内にある未踏破ダンジョンを攻略したというのは、武門としての伯爵家の権威をより高めることになる。

いままで実家からの文句がうるさいと言っていたウェンディも、これで指図されることがなくなるだろう。

そして、それをいちばん喜んでいるのは、もちろんウェンディだ。

「さあ、今日は倒れるまで飲んで食べるわよ！　特別なお祝いの日なんだかっ!!」

ギルドの広間の中央に台を置いた彼女は、その上に立ってそう宣言する。

「ここにいるあなたたちの分も、今夜はわたくしが支払ってあげるわ！　盛大に楽しんで、わたくしを称えなさい！」

そして、そう続いた言葉に周りの冒険者たちも歓喜する。

「おぉ！　さすがダンジョン攻略者、太っ腹だな！」

「へへっ、これなら普段の生意気な態度にも目をつむれるってもんだ」

「おおい！　さっそくビールを十人前だ！　勘定はそこのお嬢様持ちだから、じゃんじゃん持ってきてくれ！」

「英雄ウェンディ万歳！　彼女に乾杯しよう！」

「ははは っ！　今夜の彼女は、俺たちに肉と酒を恵んでくれる女神だぜ！」

冒険者たちは喜んで宴を始める。

もちろん、中心にいるウェンディへの称賛を忘れずに。

「うふふふっ！　いいわね、もっと褒めなさい！」

現金な冒険者たちのお祝いにも、素直に喜ぶウェンディ。

俺はそんな彼女を、部屋の端っこにあるテーブルにつきながら見つめていた。

「ジョシュア様、どうされましたか？」

「ああ、ウェンディもよくやるなと思ってさ。ダンジョンから帰ってきて、まだろくに時間も経っていないのに」

同じテーブルには、アリンとローナのふたりもいる。

アリンについては、負傷は回復薬を使うことで完全に直った。

戦闘の途中で脱落したことで体力も残っており、ダンジョンから脱出するときにはとても頼りになった。

「私も、お嬢様のあれほど嬉しそうな表情は久しぶりに見ます。ジョシュア様、それにローナさん。おふたりとも、ここまで協力していただいて本当にありがとうございました」

一瞬ウェンディのほうへ視線を向けた彼女は椅子から立ち上がり、こちらへ顔を向けると深く頭を下げる。

「協力したのは本当に仕方なくだったけどな。おかげで、今ではこんな力と名声まで手に入れてしまった。人生何が起こるか分からないよ」

ほんの数ヶ月前までの俺は、いくつかの簡単な魔法が扱えるだけの魔法使いだった。

結果論になるけれど、無理やりここへ連れてこられたからこそ、冒険者として大成したわけだ。

「とはいえ、死にかけたときのことは、今でもはっきり思い出せる。あれを笑い話には、まだできないな」

あのときのグールとの死闘の恐怖は、脳裏に強烈に焼きついていた。

より強いモンスターを剣の一振りで倒せるようになった今でも、グールへの恐怖心は消えない。

「だから、これからどうするか悩んでいるんだ。ウェンディに対してどう接するか。このままパーティーに残るのか、離脱するのか……」

「えっ、ジョシュアさん、パーティーを抜けちゃうかもしれないんですか!?」

俺の言葉に驚きの声を上げたのはローナだった。

ルシェダとの決戦で見事な魔法障壁を作り、援護をしてくれた彼女。

魔力を使い果たして、脱出のときはウェンディに運ばれる有様だった。

けれど、あの戦いのおかげで少しは度胸がついたのか、冒険者らしい風格も出始めている。

「そ、そんなの酷いです！　ローナ、まだウェンディ様と一緒にやっていける気がしないのに……」

「なんだ、ローナは俺がいないほうがよかったんじゃないのか？」

「うう……確かに前はそう思っていましたけど、ジョシュアさんがいなくなったら。ウェンディ様の相手をするのはアリンさんとローナのふたりだけなんですよ？　どうやら冒険者をやめる気はないみたいですし、また「別のダンジョンを攻略する」なんて無茶を言われたら、今度こそ死んじゃいます！」

「まあ、そうだなぁ……」

再びウェンディのほうを見てみるが、実に楽しそうだ。

財産が手に入ったから冒険者を引退して悠々自適な生活……とはいかないだろう。

強欲なウェンディのことだ、一度この栄光を味わったら二度目三度目を求めるに違いない。

「……そうだな、そう言われると見捨てられないな」

パーティーとして活動を深めていくにつれ、ウェンディのわがままぶりも多少は大人しくなった。

けれど、その本質は変わらずに傲慢なお嬢様のままだ。

今回成功体験をしたことで、もしかしたら強引さに磨きがかかってしまう可能性もある。

「ローナの言うとおり、パーティーに残ることにするよ」

「ジョシュアさんっ！」

俺の言葉を聞いて、目を輝かせて喜ぶローナ。

なんだか不憫な後輩の面倒を見ているかのように感じてしまう。

学園では同級生だったけれど、俺のほうが年上だからかな。

「とりあえず今夜にでも俺が、今後のことをウェンディに聞いてみるよ。場合によっては、話し合う必要があるしな」

アリンはともかく、俺もローナも『死徒のダンジョン』でくたくただ。

出来るならしばらくは細々と活動を続けつつ、安定した生活を送りたい。

「ジョシュアさん、ひとりで大丈夫ですか？」

「ああ、今夜はウェンディも機嫌がいいみたいだし、大丈夫だろう」

というか、パーティーの今後を穏やかな方向にもっていくには、ウェンディの機嫌がいい今夜しかチャンスはないのではないか。そんなことを考えつつあった。

「では、私はお嬢様を呼んでまいります。あのまま荒くれ者たちの中に放置はできません」

「頼むよアリン。出来れば宿の俺の部屋に来るよう言ってほしい」

「承りました」

それから俺は、まだ食事をしていくと言うローナと別れ、先に宿へ戻ることに。

部屋で準備を整えると、ウェンディの到着を待つのだった。

しかしこのとき、俺はまだまだ、ウェンディの本性を見誤っていたかもしれない。


「なんですってぇ!?　このわたくしに、冒険者の活動を控えろというの!?」

最初こそ椅子に座って大人しく話を聞いていたウェンディだったが、冒険者としての今後の活動の話題になった途端に怒り始めた。

それまで機嫌よさそうに俺の話に頷いていただけに、これは予想外だ。

「お、おい。落ち着けよウェンディ」

俺は冷や汗を垂らしながら、なんとかなだめようとする。

なにせ、「わたくしを呼びつけるなんて偉くなったわねジョシュア！　まあ、あなたには色々世話になっているものね」なんて言っていたほどなのだ。

それが今は額に青筋を浮かべて怒っているんだから、驚きもする。

「活動の縮小なんてもっての外だわ！　ノイマン伯爵領内にはまだ未踏破の『智竜のダンジョン』があるわよね。今度はそこの攻略を目指すわよ！」

「なっ……『智竜のダンジョン』といえば、未踏破ダンジョンの中でも屈指の難易度といわれているじゃないか！」

名前のどおりに世界中の叡智を修めたドラゴンがボスであり、普通なら群れて襲い掛かってくるしか能のない種類のモンスターですら、知恵を働かせて冒険者を撃退してくるという。

「冒険者界隈では難攻不落と有名になっているところだぞ。そんなダンジョンに挑むって？」

「ええそうよ。『死徒のダンジョン』を攻略したわたくしたちなら、不可能なことはないわ！　そして、今度は世界中にわたくしの名を知らしめるのよっ！」

自信満々な表情のウェンディを見て、これは駄目だと悟る。

このまま言いなりになっていたら、今度こそモンスターに食われてあの世行きだ。

「ふふん、まあわたくしもタダで働けとは言わないわ。ジョシュアの今までの働きは評価しているもの。あなたとローナを、正式にわたくしの臣下にしてあげましょう！」

「……臣下だって？　そいつは、ずいぶんと……」

突然の言葉に一瞬驚いたけれど、少し経つと怒りが湧いてきた。

どうやらウェンディは、自分が俺にどう思われているか分かっていないらしい。

ギルドの宴会でさんざん称賛されて、有頂天になってしまっているんだな。

頬をはたいてやりたい気分になったけれど、これはいい機会だとも思う。

「なるほど、臣下か。なら、主人となる人間は当然臣下に言うことを聞かせられないといけないな」

「当然よね。まあ、わたくしはジョシュアより強いから問題ないでしょう」

「そうかな？　確かに剣の扱いでは負けるが、ベッドの上ではいつもお前が喘いでばっかりだろう」

「ッ！　そっ、そんなことないわよ！　あれは、あなたが『吸血』の魅了能力を使って……」

俺に言われて自分の痴態を思い出したのか、顔を赤くするウェンディ。

何度もセックスすることがあったけれど、一度も俺が先に音を上げたことはない。

「うん、確かに使ったこともあったな。なら、今日はそういった小細工はなしにしよう。一言、参ったと言ったほうが負けだ、シンプルだろう？」

「わ、わたくしはまだ勝負を受けるとは言っていないわ！」

「なんだ、逃げるのか？」

俺にとっては軽い挑発。しかし、もともと高いプライドが冒険者としての成功でより高くなったウェンディには我慢出来なかったようだ。

「いいわ、やってあげる！　いつもされているのを何倍にも返して、グチャグチャにしてあげるわ!!」

彼女はそう言うとその場で服を脱ぎ始める。冒険者のものとしてはもったいないくらい華美で高価な服を椅子の上に放り投げると、胸を張って体を見せつけてきた。

「ふん、どうかしら？　以前より引き締まって、ますます美しさが増したでしょう！」

「ああ、それは認めざるを得ないな」

元々スタイルがよかったウェンディだが、冒険者を続けている内に特に足腰が鍛えられてきた。

そのおかげで、すらっとした足回りや、たっぷりボリュームがありながらも引き締まったお尻に目が行ってしまう。

俺だって吸血鬼の血のせいで、虚弱体質だった体にも、かなりの筋肉がついて男らしくなってきたとは思う。

けれど、性差があるとはいえ、ウェンディの横に並ぶと肉体の完成度でいえば見劣りする。

「ふん、やっぱり体ではわたくしのほうが上ね！」

「今のうちに好きなだけ言ってろ。すぐ嫌というほど喘がせてやる」

「やれるものなら、やってみなさいな！」

「じゃあ、さっそく始めるとするか」

俺が寝室のベッドに横になると、その上にウェンディを招いて互いの性器を目の前にする。

「うっ……これは少し恥ずかしいわね」

「すぐ気にならなくなるさ。じゃあ、さっそく一口目をいただくか」

「えっ、ちょっといきなり……あんっ！」

俺はウェンディのお尻に手を回して抱き寄せると、そのまま秘部へ舌を這わせた。

何度犯しても綺麗なままの割れ目に沿うように舌を動かし、丁寧に刺激していく。

「あぐっ、は、んんっ！」

容赦なく刺激を与えていくと、ウェンディは何かを我慢するようにくぐもった声を漏らす。

「はむ、じゅるっ……どうした、もう感じてきたか？」

「そんなことないわ！　こっちだって！　んっ、ちゅるっ！　れろぉっ！」

そう言うと、向こうも俺の肉棒を手に取って舌を這わせてくる。

その舌使いは思ったより大胆で、快感に腰がもどかしくなってしまう。

「くっ……なかなか積極的だな？」

「ん、くちゅ、れるるっ！　今日こそは負けられないんだからっ！」

「やる気は十分すぎるほどにあるか。楽しみだ」

彼女のフェラチオ奉仕を楽しみつつ、こちらも秘部へ刺激を与えていく。

すると、徐々にそこも濡れてきた。

舌で感じる味が変わって、彼女も興奮してきているのが分かる。

「はぁ、はぁっ……ん、はうっ！」

「ふふ、いい声も聞こえてきたな」

「はぁはぁ……くっ、まだっ……あむ、ちゅ、ちゅるっ！」

「うおっ!?」

ウェンディはこのままではマズいと思ったのか、フェラチオを激しくして反撃してくる。

肉棒を咥えながら上下に頭を動かし、口内では舌を縦横に動かして巻きつけてきた。

「これはっ、想像以上に気持ちいいなっ！」

「あふ、ふじゅるっ……ふふっ、そうでしょう？」

若干息を荒くしながらも、得意そうに言うウェンディ。

実際テクニックも上がっていて、腰の奥から興奮による熱が表に出てきている。

「あら、こんなにビクビク動いてる！　気持ちいいの？」

「ああ、正直ウェンディがここまでやるとは予想外だったよ」

「ふん！　わたくしだって、いつまでもやられている側ではないということよっ！」

そう言いながらも、彼女は油断せず俺に刺激を与え続ける。

「こんなに一生懸命やってくれるなら、このまま楽しみたい気持ちもあるけど……」

ただ、今回はウェンディを服従させるための夜だ。

奉仕を楽しむのはまた今度にして、彼女のお尻を両手で鷲掴みにする。

「きゃっ!?　な、なにするのよっ！」

「ちょっと本気を出すから、逃げられないようにするだけだ」

「本気って……あっ、きゃふぅっ!?」

俺はそのまま彼女の下半身を抱え込むと、舌を膣内に挿入する。

今まで表層の刺激だけにとどめておいたので、中を刺激されるのは新鮮なはずだ。

ここまでの愛撫でだいぶ出来上がっていた彼女の膣内は、俺の侵入に歓喜して震える。

「あっ、やぁっ！　だめっ、中に入れないでっ！」

「じゅる、れろっ……何言ってるんだ、こうするのが一番気持ちいいだろう？」

「そんなことっ……あうっ……ひぃんっ!!」

舌で肉ヒダをなぞるように刺激すると、快感でウェンディの腰が跳ねそうになる。

けれど、今は俺の両腕がガッシリ捕まえているので逃がさない。

「あぐっ!?　これ、腰が動かない……逃げられないっ!?」

「ははっ……じゃあ、楽しめよ」

笑みを浮かべると、今度こそ遠慮なくウェンディの秘部を貪っていく。

舌はもちろん、キスや甘噛みも含めて極上の女体を蕩けさせるのだ。

「ぎぅっ、んんんっ！　んぅっ……ちゅるっ、はむぅっ！」

ウェンディはなんとか嬌声を抑えながら、反撃しようと肉棒を咥えてくる。

その頑張る姿が微笑ましくて思わず射精しそうになってしまうが、ぐっとこらえた。

やがて、俺の愛撫による快感を抑えられなくなったウェンディは、肉棒から口を離して声を上げてしまう。

「あひっ、ひうぅっ！　やぁっ、気持ちいいのぉ！　待って！　それ以上中に入れないでぇぇっ!!」

「ふふふっ……あぁ、いいぞ、最高だ！　やっぱりウェンディは無理やり喘がされるのが似合う」

思わず笑い声を上げながら、愛撫を続ける。

きない。

「ぅあっ……ひぃ、んくぅっ……！」

ウェンディはなんとか我慢しようとしているものの、一度感じてしまった快感を抑えることはできない。

次第に腰に力が入らなくなっていき、代わりに秘部からはドロドロと愛液が零れ落ちてきた。

「……そろそろ、よいころ合いだな」

目の前にある蕩けきった膣口を見て、俺はつぶやいた。

そして、両手に力を入れると彼女の腰を持ち上げてどかす。

「あうっ!?　な、なに……？」

「何って、準備が整ったんだから、することは一つしかないだろう」

体を起こした俺は、彼女の肩を掴むと仰向けにして押し倒す。

「うぅっ！」

「はは、ようやく顔が見えたな」

さんざん愛撫してやったウェンディの顔は、興奮で赤くなっているもののまだ理性を保っていた。

これまでなんども犯したからか、少しは慣れているらしい。

それでも、快楽を感じていることは隠しようがない。

「良い顔になってきたじゃないか」

「う、うるさいっ！　放しなさいよっ！」

「そうはいかないな。第一ラウンドは俺の優勢みたいだし、第二ラウンドを始めさせてもらうぞ」

そう言うと、彼女は視線を鋭くする。

「わたくしはまだ負けてないわ！　だって、まだイってないものっ！」

「ほほう、そうか。でも、この体勢に持ち込まれている時点で負けじゃないか？　もう腰に力が入らないくせに」

「くっ……ひっ!?　あぐっ、ひぃぃぃぃんっ!!」

俺は片手を動かすと、指先で割れ目に沿うように指を動かしてやる。

すると、彼女は我慢する間もなく嬌声を上げて腰を震わせた。

「ほら、いい具合に出来上がってる。冷めないうちに食べないとな」

「ひ、人を料理みたいにっ……うきゅっ！」

俺はウェンディの文句を聞き流して、秘部に肉棒を押し当てた。フェラ奉仕のおかげで限界まで勃起しているそれは、感度の高まっている彼女にとっては凶器にも見えるだろう。

「うっ……ね、ねぇ、もう少し落ち着いてから……」

「待つと思うか？　大人しく犯されろ！」

両手でウェンディの肩と腰を押さえつけながら、腰を前に動かしていく。

たっぷりと濡れた膣は、肉棒の侵入を歓迎するように受け入れていた。

「やっ！　ま、待ちなさい！　待ってって……ひぃっ！　くるっ、やっ……はぐぅぅぅぅうっ!!」

「うおっ！　これはっ……」

ウェンディの表情が快感で歪むのを見ながら、俺は挿入した膣内の様子に驚いていた。

今までで一番たっぷりと時間をかけて愛撫したからか、見事なほどトロトロになっている。

それでいて締めつけ具合も緩くなく、奥まで収まった肉棒をキュウキュウと刺激した。

「やっぱり、ウェンディは抜群の名器だな。油断していると漏らしそうだ」

「ふぅ、ふぐぅっ……が、我慢なんてしなくていいのよ？　どうせ、わたくしが勝つんだから！」

「この期に及んで、まだ勝負する気があるのは尊敬するよ」

ダンジョン攻略を成し遂げて、より強固になったプライドはこの程度では折れないらしい。

なら、もっと遠慮なく責めてやろう。

「ほら、動かすぞ！」

「あぐっ！　はぁっ、んうぅぅっ！　やっ、中がっ、グチャグチャに……あひぅっ！」

声をかけると、俺は遠慮なく腰を動かし始めた。

両手で足を開かせ、無防備になった秘部へピストンを行う。

パンパンと寝室に肉を打つ音が響き始め、それに合わせてウェンディの嬌声も上がった。

「はひっ、ふっぐぅぅっ！　こ、こんなものぉ……あぁぁっ、んいぃっ！」

彼女はなんとか快感を堪えようと頑張っているようだ。

歯を食いしばっている姿が微笑ましい。

「ふふ、可愛いな。そうやって喘いでいればただの美少女なのに」

「うるさいわねっ、余計なお世話よ！」

「まだそんなことを言うのか……これは、もう少し激しくしてやらないとダメみたいだ」

ウェンディに堕ちる様子がないのを見て取った俺は、責めを強める。

腰の動きはそのままに、両手をピストンに合わせて揺れる美巨乳に向かわせた。

「こっちも可愛がってやる」

「なにっ、あうっ！　だめっ、胸まで……ひぃんっ！」

両手の指を限界まで広げて、一気に鷲掴みにする。

その刺激だけで、ウェンディは可愛らしい声を漏らした。一方の俺は柔肉の感触に感動している。

「何度触れても素晴らしいな。揉んでるこっちの指が蕩けてきそうだ」

水も弾くような張りのある肌に、相反して柔らかい感触。

しっかりとした弾力を感じながら指を動かせば、思いどおりに形がゆがんだ。

「うぐぅぅ……わたくしの胸を、玩具にするなぁっ！」

「玩具になんかしてないさ、ちゃんと可愛がってるだろう？」

そう言いながら、今度は両手の人差し指で乳首を擦ってやる。

すると、性感帯を刺激されたウェンディはガクガクっと背筋を反らして震え始めた。

「ひぎっ、ひぃぃっ!!　だめっ、それ一緒にされるのだめえええぇぇっ!!」

「ほほう、これがいいのか」

どうやら、膣内を突かれながら乳首を刺激されるのが気持ちいいらしい。

よいことを聞いたと、俺は続けて三点責めをしてやる。

「あうぅぅぅうっ、ひうぅぅぅぅぅっ！　溶けるっ、体が溶けちゃうっ!!」

ウェンディは与えられる快感に我慢できないようだ。

声を抑えることも忘れて、嬌声を上げている。

そんなふうに乱れる彼女の姿は、俺を今まで以上に興奮させた。

「ははっ、いいぞ！　もっと淫らな姿を見せろ！　今日こそ完全に堕としてやるっ！」

「ひぃ、あぐぅぅっ！　はぁ、はぁっ……ジョシュアッ、この変態っ……！」

快感が全身に回ってしまった今のウェンディは、もう俺に抵抗することができない。

せめてもと、睨みつけてくるのがやっとだ。

そして、その最後の抵抗も快感で塗りつぶされる。

俺は乳首への刺激をやめると、彼女の体の上に覆いかぶさるようになって腰を動かした。

「さあ、堕ちろ、堕ちろ……堕ちてしまえっ！」

「うぅ、くっ……だめ、だめっ、あああぁぁっ……!!」

肉棒を奥に突き込むたび、ウェンディの理性がすり減っていく。

それがなくなってしまえば、後は感情だ。

俺への敵愾心（てきがいしん）も、徐々に熱い快楽で溶けていってしまう。

「ひぃっ、ううぅぅぅっ……気持ち、いいっ……だめなのにっ、気持ちいいのっ！」

「ははっ、その調子だ！　頭の中が全部トロトロになるまで、犯してやるっ!!」

俺自身、興奮に呼吸を荒くしながらも責める手は休めない。

次から次へとあふれ出してくる愛液をかき出し、完全に開発されている膣奥を突き上げる。

その度に膣内がよい反応をして締めつけてくるから、こっちもたまらなかった。

腰の奥からグツグツと煮立った欲望が湧き上がって、今にもあふれ出しそうになる。

それを抑えているのは、目の前にいるウェンディを確実に堕としたいという気持ちだった。

「ふぅ、はぁっ……このまま、思いっきりイかせてやるっ！」

「ああ、あああああっ！　だめっ、こんなの我慢できないっ！　もう無理っ、だめなのぉっ！」

数えきれないほど快楽を打ち込まれて、ウェンディは限界寸前だった。

全身がビクビクと震え、さっきまで俺を睨みつけていた目はどこともしれない場所を向いている。

あと一押しで、完全に快楽に堕ちるだろう。

俺はその瞬間を目に焼きつけようと、片手で強引に彼女の顔を俺のほうへ向けた。

「うぐっ……」

「本当に最高だよ、まさかあのウェンディが俺の下でこんなにエロい顔になってるなんて……。もうイかせてやるからな、お前もイけっ!!」

「あひぃっ、くうううぅっ！　それだめっ、もう奥グチャグチャだからっ……あぁぁぁぁっ!?」

すっかり快楽に呑まれて喘いでいるウェンディに、体重をかけながら重いピストンをしてやる。

膣内から溢れるほどの愛液をかき混ぜながら子宮へ圧力をかけると、快感が彼女の全身を駆け巡って顔がますますだらしなく歪んだ。

「きっ、気持ちいいのっ！　これっ、すごいぃぃぃっ！　はへぇっ、んぐぅ……！」

気持ち良さそうにとろんとした笑みを浮かべる彼女を見て、俺はほくそ笑む。

「だいぶ素直になったじゃないか。可愛いぞウェンディ……最後は一番奥に出してやるからなっ！」

「あぎぅ!?　まっ、また激しくなったぁっ！　イクッ、イっちゃうのっ！　わたくしっ……ひいいいぃいっ!!」

「イけっ！　見下してた男に堕とされてイけっ!!　頭の中全部吹っ飛ばして、俺のことしか考えられないようにしてやる！」

さんざん開発した身体へトドメを刺すように強く腰を打ちつけ、子宮口を突き上げる。

「ひぐっ！　あううっ、あひぃぃっ！　イクッ、すごいのくるっ！　あぁぁっ、イックウウウウゥウゥウウゥウゥゥッ!!」

彼女が絶頂するのに合わせて、俺も射精した。

極限まで高まった興奮が膣内で混じり合い、頭の中が真っ白になる。

「イクッ、イクッ、イってるのおおおぉぉっ！　ひぃっ、イクイクッ！　飛んでいっちゃうううぅぅううっ!!」

激しい絶頂の快感に恐怖心を覚えたのか、ウェンディは目の前にある俺の体にしがみついてきた。

両手を背中に回して、両足は腰に巻きつけるように。

さながら、自分から中出しを受け入れているような姿だ。

「ひぃぃっ！　イクッ、まだイってるううぅぅっ！」

溜まりに溜まった興奮をぶちまけた絶頂は、なかなか治まらない。

俺の射精が治まっても、ウェンディはまだ全身を震わせていた。

「ぐぅっ……うぐ、あぁっ……」

それでもようやく興奮の波が引いたのか、完全に意識が飛んでいた目に理性が宿るのが見えた。

ただ、俺の体に巻きつけられた手足はそのままだ。

「まさか、ウェンディから抱擁されるとは思わなかったな」

素直な気持ちでそう言うと、途端に彼女は泣きそうな表情になる。

「あ、あんなイかせ方をしたあなたが悪いのよっ！　本当に死んじゃうかと思ったんだからっ!!」

普段のお嬢様然とした傲慢な姿はどこへやら。

ただの少女のように喚いている姿を見て満足する。

言葉ではこうしてああだこうだと言っていても、ウェンディの体はさっきの交わりで俺に屈しているのだ。

俺の中には、目の前の女を自力で快楽に堕としたという自信が芽生えていた。

「悪かった。でも、本当に気持ち良かっただろう？」

「うっ……」

俺の問にウェンディは答えられない。

認めれば俺に負けたことになるし、認めなければ嘘を吐くことになる。

前者はもちろん、後者もプライドの高い彼女には難しいだろう。

ただ、俺は答えを聞かなくても満足していた。

「……くっ、ジョシュアなんかにっ……」

この悔しそうな表情を見ているだけで、いい気分になる。

「まあ、答えたくないなら答えなくていいさ」

「ッ!!」

答えを迷っている内に温情をかけられて、さらに彼女の表情がゆがむ。

この瞬間、俺の中でのウェンディ・ノイマンは、強力な魔法剣士で貴族令嬢という立場から、俺の下で無様に喘いでいた少女という存在に堕ちている。

本人も薄々それを感じているだろうし、これでいい。

「それより、そろそろ手足を離してくれないか?」

「は、離す!　離すわよっ!」

ウェンディは慌てつつも、まだだるいだろう手足を動かして俺から離れる。

その際に肉棒も膣内から抜け落ちたけれど、中出しした精液はほとんど子宮に収まっているのか、なかなか流れ出てこなかった。

「うぅ……お腹のなかにたまってる……」

自分でも分かるのか、不快そうな表情のウェンディ。

魔法で作った避妊薬なども流通しているので、万が一にも孕むことはないだろう。

けれど、彼女の子宮を俺の精液が占有しているのはいい気分だった。

「なにを、ずっとこっちを見ているのよ……」

「なんでもない。それより、『智竜のダンジョン』にすぐに挑むなんていうのは中止してくれよ」

「ぐっ！　……分かったわ。でも、わたくしは諦めた訳じゃないわ！」

「はいはい、また力がついたら、試しに挑戦してみてもいいかもな」

ウェンディは一瞬迷ったものの、自分の意見を保留することを認めた。

これまで彼女が完全に握っていたパーティーの主導権を俺のもとに引き寄せた瞬間だった。

「それを聞いて安心した。少なくとも、しばらくはゆっくりできる。ウェンディだった、もうけた金を使って貴族らしく豪遊すればいい。そういうの、好きだろ？」

「まあ、そうだけど……」

まだ少し納得いかない表情だけれど、その内に慣れるだろう。

そう思っていると寝室の扉がノックされた。

「ああ、入っていいぞ」

「えっ!?　ちょ、ちょっと！」

ウェンディが慌ててシーツを集めて体を隠そうとしていると、扉が開く。

「お嬢様、ジョシュア様、失礼いたします」

中に入ってきたのはアリンだった。その後ろにはローナもいる。

「おふたりの話し合いが終わったようですので、声をかけさせていただきました」

「別のダンジョンへの挑戦は保留になったよ」

「はぁ……よかったですぅ……」

俺の言葉を聞いて、ローナが安心したように肩から力を抜く。

「ちょっとローナ、あなたはわたくしの案に反対だったの？」

「ひっ⁉　い、いえ！　そのっ……」

その変化を目ざとく見つけたウェンディに指摘されて、震えてしまう。

「おいウェンディ、あまりローナを怖がらせるな」

「はっ？　誰に向かって命令を……んむぅっ⁉」

俺はふたりのほうに意識を向けていた彼女の肩を掴み、引き寄せる。

そして、そのまま唇を奪った。

「んっ、ちょっと！　ひゃぶ、んぐ……はぁっ！」

ウェンディは逃げ出そうと体を動かすけれど、驚くほど弱々しい。

さっきの激しい絶頂のせいで、まだ体に力が入らないのか。

あるいはもう体が、俺に快楽を与えられることを悦んでしまっているのかもしれない。

現に、キスしているだけだというのに、彼女の乳首がまた硬くなってきてしまっている。

「お嬢様、随分と素直になられたようですね」

「アリン！　あなたっ！」

「申し訳ございません。しかし、余りに傲慢な態度はお嬢様の身を滅ぼしてしまいます。多少無理やりにでも、それが矯正できれば……。無論、お嬢様だけ痴態を晒すようなことにはいたしません。私もご一緒します」

アリンはそのままこっちに近づいてくると、服を脱いでベッドに上がってきた。

そして、いまだにウェンディを抱いている俺の横まで来ると、豊満な体を押しつけてくる。

「ジョシュア様、どうか私もお嬢様のように犯してくださいませ」

「本気か？」

俺としては、ウェンディを押さえられればそれでよかったんだが。

「はい。わがままを言ってしまい申し訳ございません。その代わり、精いっぱいご奉仕いたしますので……」

そう言うと、彼女は体を屈めて俺の股間に頭を突っ込んでくる。

「くっ……！」

まだ俺の肉棒は精液やらウェンディの愛液やらで汚れている。けれど、アリンはそれを一切気にせず口に咥えた。そして、まるで汚れをすべてこそぎ落とすように舌を動かし始める。

「はふっ、むじゅるっ！　れろ、れろっ、じゅるるるるるっ！」

頭を大きく動かしながら、大胆なフェラチオをするアリン。

さっきの言葉どおり、誠心誠意、俺にご奉仕しようという気持ちが見て取れる。彼女の持つテクニックと合わさって、俺は自分の中の欲望が抑えきれなくなってくるのを感じた。

「凄いぞアリン、さっきウェンディに思いっきり出したばかりなのに……」

「んぷ、はふぅ……もうこれほど大きくなってしまわれて、ジョシュア様は絶倫ですね」

冷静に言いつつも、視線は勃起した肉棒へと釘付けになっている。

どうやら、俺たちの情交の残り香にあてられてしまったらしい。

「ううっ……」

たっぷりと肉棒を味わっているアリンを見て、俺の横ではウェンディが何かを堪えるように呻いていた。

「なんだ、ウェンディも欲しいのか？　さっきあれだけ味わわせてやったのに」

「な、なんですって⁉　わたくしは別に、欲しくなんかないわ！」

「そうか、なら代わりにローナとでも楽しもうかな」

「……へっ？」

突然話を振られた彼女は、呆けた表情で俺を見る。

「アリンと同じように、こっちに来てくれよ。ああ、あまり気乗りしないなら遠慮してくれて構わないけど」

「う……ええと……」

ローナは突然のことで混乱していたようだけれど、少しだけ間を取って落ち着くと頷いた。

「はい、ローナも仲間に混ぜてくださいっ！」

「ははは、そう言ってもらえると嬉しいな」

彼女を招き寄せると、ウェンディとは逆の手で腰を抱いてキスする。

「いやぁ、これは最高の気分になってしまうな」

左右に美少女を侍らせながら、足元には美女が跪いてフェラチオ奉仕している。

まるで国中から美姫を集めたハーレムにいる王様の気分だ。

股間から昇ってくる蕩けるような快感を楽しみながら、好きなように両手のふたりを弄ぶ。

キスはもちろん、胸や尻を揉んだり、あるいは向こうからキスさせたり。

最初は拒否していたウェンディも、雰囲気にのまれて俺にされるがままだ。

「ほらウェンディ、もっと舌を伸ばせ」

「変態め……んへぇ……じゅぷ、じゅるるっ！　んぐ、ごくっ！」

たっぷりと舌を絡め合い、そのまま唾液を飲み込ませる。

口内射精からのごっくんには及ばないけれど、間近で顔が見られるのはいい。

「はぁ、はぁっ……ジョシュアさん、ローナも頑張りますからぁ……ん、ちゅっ！」

今も片手で秘部を愛撫している彼女からは、自発的にキスされる。

テクニックこそ拙いけれど、それがまた味になっていい。

「ああ、ローナのキスも気持ちいいぞ」

「はふっ、んんっ！　ちゅ、ちゅ、れろっ！」

褒められて嬉しいのか、より大胆にキスしてくるローナ。

俺を含めて、もう全員準備が出来上がっているようだ。

「よし、三人とも四つん這いになって並ぶんだ」

そう言うと、彼女たちは素直に従った。そして、俺の目の前に美しいお尻が三つ並ぶことになる。

左からアリン、ウェンディ、ローナの順番だ。

「いやぁ、絶景だな」

正面を向いているとどうしても胸に視線が行ってしまうけれど、お尻もなかなかのものだ。

三人とも冒険者なので、よく引き締まっている。ウェンディやアリンももちろん、ローナもいい形だ。後衛の魔法使いでも、ダンジョン内を走って歩き回るんだから自然と鍛えられる。

俺はそれをたっぷり鑑賞すると、まず目の前のウェンディの尻に肉棒を突きつけた。

「あうっ！　わ、わたくしは先ほどしたでしょ？」

「だから一番準備が出来ているんだろう。また喘がせてやるよ！」

俺は容赦なく、腰を前に進めて膣内を突き上げた。

「あぐっ、ひいいぃぃんっ!!」

挿入した途端、ウェンディは甲高い嬌声を上げる。

合わせて膣内がうごめき、肉棒へヒダが絡みついてきた。

「おぉ……もうすっかり俺とのセックスに順応してるな！」

「くっ、あうぅぅっ！」

腰を前後に動かすと、それだけウェンディの膣内もよく反応した。

とくに腰を振りながら目の前のお尻を鷲掴みにすると、より嬌声が響く。

「あひぃんっ！　やっ、だめっ！　勝手にお尻揉むの、やめなさいっ！」

「どう楽しもうが、俺の勝手だろう？」

発情してどうしようもない淫肉を鎮めてやっているんだ。

むしろ、感謝されてもいいくらいだと思うけどな。

そんなふうに楽しんでいると、左右からも視線を向けられる。

「ジョシュア様、私たちにも……」

「ううっ……も、もう我慢できませんっ！」

普段礼節をわきまえた態度のアリンも、あまり自己主張しないローナも、俺に犯してほしくておねだりしている。普通なら決して味わえないようなハーレム感に、俺はこの上なく興奮していた。

「ああ、待ってろ。ふたりも犯してやる！」

ウェンディの膣内から肉棒を引き抜き、代わりにふたりの中へ順番に挿入していくことに。

「ああ、きますっ！　ジョシュア様のが……ぁあああっ!!」

肉棒を入れられた途端、アリンはぐっと顔を上げて淫らな声を吐き出した。

興奮で背中に汗を浮かべながら、キュウキュウと肉棒を締めつけてくる。

「くっ、さすがに締りがいいな！」

普段からいちばん体を動かしているからか、膣内の動きも極上だ。

侍女として、相手に奉仕するのにも慣れているからかもしれない。

「ああっ、そんなに奥までっ……きふっ、ひゃぐううぅぅぅっ！」

グイグイと腰を動かして膣奥を突く。すると、彼女はこらえきれずに身もだえした。

同時に絞り出すような声も聞こえてくる。

「アリンのそんな声が聴けるなんて、すごくいい気分だぞ」

俺は笑みを浮かべながら、もっと蹂躙してやろうとピストンを続けた。

「だめですっ、そんなに激しくされては……あぐっ、うっ、はうっ！」

「そんなこと言いつつ、アリンだって喜んでいるじゃないか！」

ウェンディと同じように尻を揉んでやると、またよい声が聞こえる。

そして一通り彼女と興奮を高め合うと、今度はローナのほうに向かった。

「あ、ああっ……ジョシュアさんっ」

「心配しなくても、ローナも一緒に可愛がってやる」

緊張している彼女を落ち着かせるように、優しくお尻を撫でる。

それから、肉棒を押し当ててゆっくり挿入していった。

「ひうっ、はっ……うきゅぅぅっ！」

ローナの悲鳴を聞きながら、そのまま躊躇なく奥まで挿入する。

三人の中でも小柄な彼女は、体格に比例して膣内も狭い。

けれど、締めつけはそれほど激しくなく、逆にトロトロと柔らかかった。

「おお、いい具合に蕩けているな」

「だ、だって、あんなエッチなキスをしてたので……」

「ローナも積極的だったからな。お返しにたっぷり突いてやる」

「あひっ!?　ん、くぅっ……気持ちいいですっ！」

腰を振って彼女の中を犯していくと、ビクビクと反応が返ってきた。

ローナの場合は比較的素直なので、いろいろと感想を聞けるのも楽しい。

「どうだ、いいところに当たってるだろう？」

「ローナの中の弱いところ、全部ジョシュアさんにグチャグチャにされちゃってますっ！」

「ふふっ、素直でよろしい」

「ひぁ……はひゅううぅぅうっ‼」

ご褒美に子宮口を突き上げると、彼女は気持ちよさそうな声を上げながら悶える。

何度見ても、自分のもので美少女が悶える姿は良いものだ。

「こ、これだめっ！　ジョシュアさんっ、もうイっちゃいますっ！」

「おいおい、もうか？　こらえ性がないな」

どうやら前戯で予想以上に興奮していたらしい。

ローナの腰がビクビクと震え、今にもイってしまいそうに見える。

「仕方ないな」

彼女の腰に手を当てて、肉棒をずるりと引き抜く。

「あふぅっ！」

すると、悲鳴とともに大量の愛液がドロドロと溢れてきた。

「こんなに感じているのか、そりゃたまらないだろうな」

まるで注ぎすぎたローションが溢れてきたような光景に思わず苦笑してしまう。

「どうせなら三人一緒にイかせたいからな……。ああ、アリンも一緒にな」

俺はウェンディの後ろに移動すると、両手を伸ばしてふたりの秘部をいじめはじめる。

「あひゅ、ひぅんっ！　ジョシュアさんの指、中でぐるぐる動くぅっ！」

「あう、はぁはぁ……んんっ！　指一本だけで、全身が蕩けてしまいそうですっ！」

肉棒でさんざんかき乱してやった膣は、俺の責めで簡単に快楽を生み出す。

彼女たちが勝手にイかないよう気を付けながらも、俺はウェンディに目を向けた。

「ふぅ、ふぅ、ぐぅぅ……！」

彼女は四つん這いの体勢のまま、シーツを鷲掴みにして何かを堪えていた。

秘部を見れば、それが性欲だとすぐに分かる。

犯されてから放置されていたそこは、肉棒を欲してヒクヒクと動きながら蜜を垂らしていた。

「ウェンディ、酷い有様になってるな」

「くっ……ジョシュアのせいでしょう!?」

「まあそうなんだが、ここまで淫乱になっているとはなぁ。正直言って眼福だよ」

彼女は首を回して睨むように俺を見てくる。

ここまで屈辱的なことをされたら、以前ならすぐ起き上がり殴りかかってきていたはずだ。

その展開にならないということだけでも、すでに彼女が堕ちていると分かる。

「ほら、お望みのものを入れてやるぞ」

俺は愛液に濡れた肉棒を持ち上げると、ウェンディの秘部に押し当てる。

「あうっ!?　あ、熱い……はぁ、はぁっ……！」

それだけでもう、ウェンディの体は発情してしまった。

あふれ出る愛液の量が目に見えて多くなり、動きも活発になる。

ただ、強固なプライドで、なんとか自分から咥え込むことだけは我慢しているようだ。

そんな彼女に、俺はあえて命令してやる。

「ウェンディ、欲しかったら自分から腰を押しつけて入れてみろ」

「ッ!? こ、このっ……どうしようもない変態ねっ！」

卑猥な命令に反射的に反発するウェンディ。

しかし、腰は俺のものを咥え込もうと自然と動き始めていた。

俺は何も言わず、その光景を笑みを浮かべて見下ろしている。

「うぐぅぅ……こ、このわたくしが、こんなことを……あぁ、入ってくるぅぅぅぅっ！」

腰が徐々にこっちへ寄ってきて、肉棒が奥まで挿入されていく。

その度に、ウェンディは熱のこもったため息を漏らした。

「ウェンディ、別に嫌なら止めてもいいんだぞ？ 俺はふたりと楽しむだけだ」

「うう……分かっているくせにっ！」

ウェンディは人でも殺せそうな視線をしながらも、自分で腰を前後に動かし始めた。

膣内で肉棒をしごき、その快楽で喘ぎ声を吐き出す。

「はうっ、あぁぁぁっ！ これっ、気持ちいいのぉ！ こんなのっ、我慢できないわよっ!!」

「ふふふっ、あははははっ！ いいぞウェンディ……酷いくらい無様で、可愛らしいな！」

悔しそうな表情をしながらも快楽には勝てず、俺に腰を打ちつける。

しかも四つん這いで、まるで盛りついた犬のようだ。

あのウェンディが、俺の前でこんな醜態をさらしている。

この姿を見て、俺の興奮も一気に最高潮まで達する。

「お前たち、全員まとめてイキ狂わせてやるっ！」

息を荒げながら、今度は俺からウェンディに向けて腰を打ちつけた。

「あぐっ!? ひぁっ、はひぃぃっ！ だめっ、動いちゃだめぇぇえっ！ 刺激っ、強すぎるのっ！」

「丁度いいじゃないか、とっととイかせてやるよ！」

ウェンディの悲鳴を無視して思いっきり腰を振る。

すると、彼女の膣も悲鳴を上げるように肉棒へすがりついてきた。

「ぐぅ……！ ウェンディの体は本当に変態になったなっ！」

強い快感を味わいつつも、俺は三人を犯し続けた。

「ほら、ふたりにもキッチリ味わわせて、肉棒でイかせてやるからなっ!!」

ウェンディだけでなく、指で犯しているふたりにも時折本物の味を感じさせる。

「ああ、凄いぃぃっ！ ゴツゴツしたのに一番奥を犯されてっ、頭ドロドロになっちゃいますっ！」

「ジョシュア様、お許しをっ！ もう限界ですっ、イってしまいますっ！ ううぅぅぅうぅうっ!!」

「さあ、ウェンディもだ！ 一緒にイけっ!!」

興奮のままに腰を動かし、激しいピストンで三人の膣内を犯していく。

性感帯が触れ合って大量の快楽が生み出され、まるで全身が浮き上がるような興奮がやってきた。

「ひぃっ、だめぇっ！　イクッ、もうっ……だめなのにっ、イックウウゥウウウッ!!」

「わ、私もイキますっ！　お嬢様と一緒にっ、ぐっ、ああっ、ひゃううううぅっ!!」

「ひぃいいいぃっ、あああああぁぁっ！　きちゃうよぉっ！　イクッ、イクうううううぅっ!!」

続けて絶頂し、この上なく淫らな姿を見せる三人。

そんな彼女たちの膣内に、俺も遠慮なく中出ししていく。

「ぐっ……！　奥の奥まで、隙間も残さず犯しつくしてやるっ!!」

火がついて燃え上がった欲望にふさわしい濃厚な精液を、それぞれにしっかり注ぎ込む。

その度に、三人は身を震わせて喘いだ。

「ああっ、熱いぃぃ！　これっ、子宮の中まで焼かれてるのぉ！　わたくしの子宮、ジョシュアに犯されてるっ!!」

「こ、こんなにたくさんっ……これでは、孕んでしまいそうですっ……」

「ひぃ、はぁっ、あううっ！　イクッ！　子宮の中まで、全部気持ちいいですっ！」

俺が肉棒を引き抜くと、三人はそれぞれベッドに突っ伏す。

体力のあるウェンディやアリンでも、体を支えていられないほど消耗しているらしい。

そんな彼女たちを見ながら、俺も満足してベッドに腰を下ろした。

「ふふ……今夜だけじゃないぞ。これからも、ずっと可愛がってやるからな」

これほどの美女たちが自分の手の内にあることを改めて実感して、感極まる思いになる。

そして、快楽に蕩けた彼女たちの表情を楽しみながら、その夜を過ごすのだった。

エピローグ　パーティーで過ごす夜

俺たちが『死徒のダンジョン』を攻略してから一ヶ月ほどが経った。

あれから、身の回りのことが驚くほど変わっている。

ダンジョン攻略者として一級の名声を得たことで、多くの冒険者から尊敬されるようになった。

ダンジョンというのは、小細工なしで実力がものを言う世界。

卑しい出自でも、逆に高貴な出自でも、新人でもベテランでも等しく試練が与えられる。

それを乗り越えて見事攻略者となった俺たちには、多くの人間から惜しみない称賛が送られ、尊敬の目を向けられた。加えて初踏破となるとその価値は飛躍的に上がる。

すでに踏破されたダンジョンは攻略者の情報があったり、あるいはボスが劣化していたりと比較的攻略が簡単になることが多い。

だからこそ、そのダンジョンを初めて攻略した冒険者というのは記録に残る偉業なのだ。

もう、多少の醜聞が露になっても気にするような立場にはない。

あの吸血鬼、ルシェダの研究室にあったお宝を売り払うことで莫大な財産も手に入り、不自由はしない。けれど、週の半分は必ずダンジョンに潜って実戦での勘を鈍らせないようにしていた。

冒険者としての実力が、今の俺たちの立場を確固たるものにしているからだ。

「あぁ、でもさすがにひとりでデュラハン三体と戦うのは厳しかったな……うぅ、痛ててっ……」

ベッドに横になった俺は、包帯を巻いた右腕をさする。

今日はパーティーでダンジョンの四十八階層まで潜って、アンデッド相手にそれぞれの能力を鍛えていた。最早一対一で俺たちに敵うモンスターはいないが、歯ごたえのある相手が複数で襲い掛かってくると苦戦してしまう。右腕の傷も、一瞬の隙にデュラハンの剣で切り裂かれたものだった。

吸血鬼の血による回復能力で傷は塞がりつつあるけれど、痛いものは痛い。

「ジョシュアさん、大丈夫ですか？」

包帯をさすっていると、右側から声をかけられた。

「大丈夫だよローナ、もうすぐ傷も塞がる。けど、回復薬が使えないのはやっぱり不便だな」

俺の横には、一糸まとわぬ姿のローナが侍(はべ)っていた。

心配そうな顔をしながら、小柄ながらもメリハリのあるボディを押しつけてくる。

「それなら良かったです！　でも、あまり無理はしないでくださいね？」

「分かってる。俺たちは四人で一パーティーなんだ。誰かが欠けたらマズい。なぁ、ウェンディ？」

ローナの言葉にそう答え、続けて足元に話を振る。

そこには、しゃがみ込んでパイズリ奉仕をしているウェンディの姿があった。

「……なによ？」

ムスッとした表情をしつつも、しっかり手を動かして柔らかい谷間で肉棒をしごく。

実は今日、俺はダンジョンの探索中に宝箱を見つけた。その中には珍しい三色に輝く宝石が入っていて、目立ちたがり屋なウェンディが自分の物にしたいと言い出したのだ。

宝石はサイズも大きく、売り払えば大きな屋敷が建つ値段になるのは確実だった。

基本的には手に入れたお宝はパーティーの財布に入れることになっているが、たまに彼女がこういうわがままを言うときがある。以前なら有無を言わさずに宝箱ごと自分の物にしていただろうけれど、今はそのような横暴は許さない。

話し合いの結果、宝石はウェンディに渡すことになったが、その代わり発見者である俺が、一つ彼女に好きなことを要求できることになった。その結果が、今のパイズリ奉仕だ。

今日一日、彼女は俺の傍について色々と奉仕してくれることになっている。

宿に帰ってきてから着替え、風呂に入って汗を流し、その後にはマッサージを受けた。

その最中ウェンディはずっと俺の傍にいて、気が向いて声をかければ奉仕してくれる。

まるで、俺が貴族になってメイドのウェンディを従えているみたいだった。

「いやぁ、いい気分だな。生着替えも風呂場での体洗いも最高だったし、またやってほしいよ」

「これはあの宝石の対価にしているんだから、そこのところは忘れないでほしいわね！」

「ふふふ……じゃあ、またウェンディが欲しがるようなものを見つけられるよう頑張るか」

そんな話をしていると、寝室の扉が開いてアリンが中に入ってきた。

「皆さま、冒険者ギルドで本日の収穫の換金をしてまいりました」

「あ、アリンさん！　ご苦労様です！」

ローナが体を起こして彼女から書類を受け取り、テーブルに置いてあるバックに入れる。

「売上のほうはどうだった？」

「お嬢様が多少散財しても、半月ほどは悠々と暮らせる金額にはなりました。貯蓄も順調で、資産はノイマン伯爵家に迫るほどになっているかと思います」

「へえ、それは凄い。ウェンディ、また一つ親を見返す材料が出来て良かったじゃないか」

「このくらい、わたくしが少し本気を出せば当然だわ！」

自信満々に言いつつも、絵面がパイズリ奉仕中なので威厳は皆無だった。

奉仕の快感を味わいつつも彼女のことは無視して、アリンと話を続ける。

「アリンにはつい雑用を任せてしまって悪いな」

「いえ、これもお嬢様の侍女としての仕事の一環ですので」

そう気にすることはないという言うアリン。

彼女もさんざん犯したけれど、結局ウェンディの侍女という立場は終始崩していないいんだよな。

ある意味、パーティーの中で一番したたかかもしれない。

「ウェンディの侍女か……そうだな、じゃあご主人様と一緒に奉仕に参加してくれたりするか？」

「はい、ジョシュア様がお望みとあらば」

すると、彼女は躊躇することなくメイド服をはだけて豊満な胸をさらけ出す。

そして、その恰好のままベッドに上がってきた。

「んっ……ジョシュア様のお好きな胸で、ご奉仕いたしますね？」

「おぉっ……」

空いている俺の左側に入り込むと、自慢の爆乳を押し当ててくる。

三人の中でも最大の質量をもつそれが俺の胸板にあたり、柔らかい感触を伝えながら歪んだ。

片手では覆いきれないサイズの乳房がのしかかってくる感覚は、圧巻の一言だ。

「いやぁ、最高の気分だな……」

三人に奉仕されて、思わず頬が緩んでしまいそうになる。

このまま三人に奉仕を任せてもいいけれど、やはり自分の手で彼女たちを喘がせてみたい。

まずは右手を動かして、ローナの尻を鷲掴みにする。

「はぅ、あんっ！　ジョシュアさん……あふっ、お尻ぃ……」

「ははは、触られただけで気持ちいいのか？　だいぶ出来上がってるな」

「だ、だって、こうして抱き着いているだけで心臓がドキドキしてきちゃうんですっ……」

尻を揉まれて甘い声を漏らしながら、うっとりとした視線を向けてくる。もともと気が弱いというか従属的な性格だったけれど、今では肉体も完全にセックスに順応してしまっているようだ。

「ローナは素直でいい子だな、たっぷり可愛がってやる」

「あ、ありがとうございますっ……ひぅんっ!?　はひぅぅぅっ！」

手を動かして尻の谷間に割り込み、奥にある秘部に触れていく。

案の定濡れていたので、遠慮なく指を挿入して中をかき乱した。ローナは強い刺激にたまらず嬌声を上げ、快感を堪えるようにさらに強く、俺に体を押しつけてくる。

「抱き着いてるだけじゃ褒められないな。ちゃんと奉仕しないと」

「ジョ、ジョシュアさんっ、あうっ……あむ、れろっ」

言葉をかけられた彼女は、ビクビクと腰を悶えさせながらも顔の近くにあった乳首を舐め始めた。

アリンと比べてしまうとそれほど上手くはないけれど、その一生懸命さは十分俺を楽しませる。

「いいぞ、その調子でちゃんとご奉仕しろよ。さて、お次はアリンだな」

「はい。どうぞ、お好きなように犯してくださいませ……んくっ！」

左手を伸ばした先は、今も俺の胸に押しつけられている爆乳だった。

片手ではとうてい覆いきれない乳房を鷲掴みにして、パン生地をこねるように揉む。

「んくっ！　あふ、はぁっ……んふぅぅっ！」

度重なる調教で胸全体が性感帯になっていたアリンは、それだけで甘い声を漏らした。主人の手前か堪えようとはしているけれど、どうしても我慢できないほど感じてしまっているらしい。

目を潤ませ、開いた口からヨダレが垂れてきてしまいそうになっている。

「ははっ、いい具合だなぁ」

目の前の痴態はもちろん、普段しっかり者の彼女を片手でここまで乱れさせていることに興奮する。アリンの忠誠心は、まだちゃんとウェンディに向けられているのもいいな。

主人の前で侍女を乱れさせているのは、疑似的に寝取っているようで背徳感がある。

「くっ、アリンッ……」

「お、お許しくださいお嬢様っ！　ジョシュア様の手が、気持ち良くて……ひぃっ、きゃうんっ！」

指先で乳首をはじくように刺激すると、ゾクゾクっと背筋を震わせて蕩けた表情になる。

その姿を見ていたウェンディは、パイズリ奉仕を続けながらも俺を睨んできた。

「わたくしのアリンに、なんてことをっ！」

「アリンだって納得してる奉仕だろう？　それより、ちゃんとそのデカパイを押しつけてしごけよ」

「うぐっ……や、やればいいんでしょうっ！」

ウェンディはそう言いつつ、両手で美巨乳を持ち上げて谷間の肉棒を締めつける。

その状態で胸を上下に動かし、肉棒の先端から根元まで余さず刺激した。

柔らかい感触の乳肉を押しつけられて、肉棒から蕩けるような快感が昇ってくる。

「くっ……ウェンディの奉仕も上手くなってるな！」

本人の気持ちはどうあれ、回数をこなせば自然と上達してくる。

ウェンディのパイズリテクも、素人とはいえないくらいに上手くなっていた。

「わたくしが、こんなことをっ……」

「上手くなる分にはいいじゃないか。万が一没落しても、すぐ娼館で雇ってもらえそうだな？」

俺は笑みを浮かべてそう言いつつも、このままもう少し楽しもうとする。

しかし、その前に彼女はパイズリの手を止めてしまった。

「おい、ウェンディ？　何を……」

「もう、言われるがままにしているなんて、我慢できないわっ！」

「うおっ!?」

ウェンディはその場で一度膝を立てると、俺の股間の上に腰を下ろす。

パイズリ奉仕で硬くなった肉棒の上に、興奮で熱くなった秘部が押しつけられた。

「どうせ最後はセックスする気なんでしょう？　なら、わたくしのほうから犯してあげるわっ！」

「こいつ、勝手に！」

止めようかと思ったが、今は左右からアリンとローナにも奉仕されているので動けない。

その隙に、ウェンディは俺の肉棒を手にとって膣内へ挿入してしまった。

「んくっ、はぅ……んんんっ！」

ズルリと飲み込まれた肉棒は、そのまま膣内の最奥まで進む。

そして、子宮口まで到達するとウェンディの全身が一度ビクリと震えた。

「んくっ！　はぁ、ふぅっ……」

騎乗位の体勢になった彼女は息を荒げながらも、してやったりという表情で俺を見下ろしている。

「ふふっ、やっぱりわたくしにはこの体勢のほうが相応しいわ」

「勝手に動きやがって……」

彼女が言うことを聞かなかったのは不満だけれど、自分から俺を受け入れたのは少し驚いた。

ウェンディにとって、もはや俺とのセックスは日常の一部ということなんだろう。

「まあいいや、それより入れたままなのか？　そっちが動かないなら、俺が犯してやるぞ」

あの傲慢なお嬢様の常識を塗り替えたことに満足感を覚えつつ、腰を振るように促した。

「冗談じゃないわ、わたくしが犯すんだからっ！」

そう言うと、彼女は手を後ろに回して体を支え、腰を上下に動かし始めた。

「んっ、はっ、ふぅっ……！」

最初は慣らすように何度かゆっくり動かして、肉棒が膣になじんでくると速度を上げる。

彼女の膣内はよく濡れていて、腰に尻がぶつかるたびにグチュグチュと卑猥な水音が鳴った。

「はっ、んんっ！　いくらあなたでも三人を相手に好き勝手は出来ないでしょう？」

俺の上に跨り前後に腰を動かしながら、ウェンディがそう言う。

「確かに、この状況じゃわざわざ動く気も起きないな」

目の前ではウェンディが騎乗位で肉棒に奉仕し、左右からはアリンとローナが抱きついている。

俺は胸元にキスしてくるローナの頭を撫でながら、もう片方の手でアリンの爆乳を楽しむ。

全身で極上の女体を楽しんでいると、自然と凌辱してやりたいという気持ちは薄まっていった。

「んちゅっ、れろっ……ジョシュアさんがやる気になったら、ローナたちもすぐに滅茶苦茶にされちゃいますもんね」

「ええ。ですので、今日は動く気もなくすほどの濃密なご奉仕をさせていただきます」

三人の美女に囲まれて奉仕され、ここまで言われては自ら動く気もせず身を任せる。

本当に、王様にでもなったような気分だ。

「その代わり、しっかり満足させてくれよ？」

「ふん、自分で開発した体に搾り取られる屈辱を与えてあげるわ」

肉体は堕ちきっても生意気な性格は変わらなかったウェンディは、そう言うと腰の動きを前後から上下に変えて激しく動かし始める。

「んっ、あふっ！　や、止めてと言われても止めないわよ？　存分に喘がせてあげるっ！」

「うおっ……く、これはっ……！」

肉棒をしごきあげている膣内が、ヒクヒクと動いて絡みつく。

リズムよく収縮と弛緩を繰り返し、絶妙な刺激を与えてきた。

腰の奥から快楽が湧き出るような感覚がして、射精してしまわないよう尻に力を入れる。

そんな俺の様子を見てか、ウェンディは口元を緩めた。

「ふふふっ！　気持ちいいんでしょう？　そのまま射精しなさいっ！」

そう言うと、真っ白な美巨乳を躍らせながら腰を激しく振り立てる。

「んきゅっ、はひぅっ！　はぁはぁっ……さあ、わたくしの奉仕でイってしまいなさいっ！」

彼女も快感を抑えきれないのか、顔を赤くして全身に汗を浮かべている。

三人の中でも最も興奮しているに違いないが、腰振りは激しくなる一方だ。

どうやら自分がイク前に、俺を射精させようとしているらしい。

「ウェンディらしい考えだけど、そう簡単に思惑どおりになるかよ」

奉仕の快楽は享受しつつ、射精はしないよう引き締める。

すると、だんだんと彼女のほうが我慢できなくなってきたようだ。

「な、なんでっ……あぅ、はふぅっ！　まだイかないのっ!?」

「お前が派手にイったら、ご褒美にたっぷり精液をくれてやる」

「ぐっ、このっ……あうっ!?　はひうぅぅっ！」

ウェンディは反発して膣内を締めつけるけれど、それは逆効果だ。完全に出来上がった彼女の体は、俺に与える快感よりも肉棒に蹂躙される気持ちよさのほうが上回ってしまっている。

「だ、だめっ、このままじゃ……」

先にイってしまうと確信したのか、ウェンディの動きが鈍りそうになる。

俺は、そんな彼女へ腰を突き上げて喝を入れた。

「あぎゅうううっ!?」

「自分から跨ってきたくせに途中で逃げるな。最後までしっかり腰を振れ！」

「ぐっ、うううぅぅぅっ……」

ウェンディは悔しそうに目に涙をためながらも、思い切り腰を振り始めた。

部屋中にパンパンと肉を打つ音と、淫肉のかき乱される水音が響く。

「お嬢様、イってしまいそうですね……ん、あう……私たちも一緒にイかせていただけませんか？」

「はむ、ちゅるっ！　ちゅ、れろぉ……ジョシュアさんも一緒に、気持ちよくなってくださいっ！」

一方で、左右のふたりはすでに、気持ちよくなる気満々なのが分かる。

「ああ、一緒にイかせてやる」

「うぐっ、ひゃうっ！　おっぱい、いじめられるの気持ちいいですっ！」

「ひぃ、だめっ！　一気に二本も中にっ……あひゅううぅぅっ!!」

高まった興奮はそのまま全身に行きわたり、火照った体から汗が垂れる。

「ぐっ、あなたたち……」

快楽に身を任せているふたりの姿を見て、ウェンディも決意が揺らいでいるようだ。

「お前も我慢せずに乱れていいいんだぞ？」

「うぅぅっ……」

普段の彼女なら何か言い返してきたはずだけれど、もう相当我慢できなくなっているらしい。

睨みつけるような視線もなくなり、快感で表情も蕩け気味になっている。

そんな彼女に、トドメを刺してやった。

「命令だ。このまま限界まで腰を振って、みっともなくイってしまえ！」

「うっ!?　やっ、あっ……やだっ、そんなことを言われたら、我慢できないっ……ひうぅぅぅっ!!」

俺による命令という免罪符を得たウェンディは、思い切り腰を振った。

肉棒をしごきあげ、自ら子宮口に押しつけながら快楽を貪る。

とっくに肉体の堕ちていた彼女にとって、自らを支えているのは精神力のみ。

それも激しい快楽の波に晒されて疲弊し、今とうとう限界を迎えたのだ。

「だ、だめっ！　こんなのすぐイっちゃうのっ！　でもっ、腰が止まらないぃぃっ！」

先ほどまで俺の肉棒を包んでいた巨乳をゆさゆさと揺らしながら、歯を食いしばって快感に耐えるウェンディ。しかし、その必死の抵抗もすぐ強烈な快感に押し流された。

「ひっ、ひあぁぁああぁあっ！　イクッ、イっちゃうっ、だめだめっ、くうぅぅぅぅぅっ!!」

「ああ、そのまま俺の上でイけっ！　最後までしっかり腰を振れたら、ご褒美にたっぷり精液を注ぎ込んでやるっ!!」

俺の中出し宣言にウェンディの膣が反射的に震え、肉棒を包み込んで射精を促す。

そして、甲高い嬌声とともに腰の動きは最高潮に達し、彼女はそのまま限界を迎えた。

「あああぁぁあっ!! イクッ、ジョシュアにぃ……ひぃっ、イクッ、イックウウゥゥウウッ!!」

顎を上向かせながら限界まで背を反らし、ガクガクと腰を震わせながら絶頂するウェンディ。

そんな彼女に中に、俺は約束どおりたっぷりと中出ししやる。

「あひぃぃぃぃぃっ! くるっ、熱いのでまたイクうううううぅぅっ!!」

これまで溜めに溜めた興奮を爆発させ、激しい絶頂に至るウェンディ。

それを見ながら、俺はさらに両手にも力を籠める。

「あぐっ、はうううぅぅっ! 胸でっ、乳首でイってしまいますっ! お許しくださいお嬢様あぁぁぁっ!!」

「な、中で指が動くぅぅっ! あひっ、くひぃぃぃぃんっ!? ク、クリはだめっ! イクイクッ、ひゃううううぅぅぅっ!!」

アリンもローナも、俺の腕の中で全身を震わせて絶頂の快楽に蕩ける。目の前の景色すべてが淫靡で、肉体に送られてくる快楽と合わせてめまいがしそうなほどの興奮だった。

「はひっ、はぁっ、あぅぅ……」

やがてウェンディも絶頂の波を乗りこえ、力が入らなくなった体を俺の上に横たえる。

それを受け止めながらも、解れきった女体の温かさと感触に再度興奮しそうになってしまった。

「おいウェンディ、約束では一日俺に奉仕するはずだっただろう? 夜が明けるまで、しっかり付き合ってもらうからな」

「ぐ、はぶっ……はぁはぁ……」

喘ぎすぎて喉が枯れているのか、少し咳き込みつつも口を開く。

「さ、最低よ。こんなことになるなら、学園でスカウトしなければよかったわ……」

「ははは、それは自業自得だぞウェンディ。俺たちはもう一蓮托生なんだ、これからも仲良くやっていこうじゃないか」

俺はそう言うと、今だ絶頂で動けなくなっているアリンとローナの体を退かす。

そして、体を動かしてウェンディと体勢を入れ替えると、さっそく再び犯し始めた。

肉棒を突き込まれると同時に、ウェンディが反射的に嬌声を上げる。

そんな彼女の声を聴きながら、今夜は気絶するまで犯してやろうと、その美しい首筋に噛みつくのだった。

END

あとがき

みなさま、ごきげんよう。愛内なのです。

今回も再びキングノベルスで書かせていただくことになりました。

本作は、主人公が高慢なお嬢様に無理やり冒険者パーティーに加入させられてしまい、その上で「レベルが低かったから」とパーティーを追放されてからの逆転劇が見どころなお話です。

学生時代でも、社会生活でも、誰しも自分向きでない仕事をしなければならなかった経験はあるのではないでしょうか。

致し方なく納得する場合もありますけど、理不尽にそんな仕事を押しつけられるのは御免ですよね。

今回はそんな経験のストレスを発散しつつ、女の子たちをエッチに喘がせていくストーリーを楽しんでいただけると嬉しいです。


さて、今作でも最も目立つヒロインと言えば、やはり主人公を無理やり自分のパーティーに加入させた高慢お嬢様のウェンディでしょう。

お嬢様ヒロインは何と言っても、エッチで堕とされてしまうのがとても似合いますよね！

もちろん、今回のウェンディもそのあたりが魅力になるよう頑張って書いてみました！

高慢で生意気なお嬢様をエロエロにしてやりたい！

そんな思いを抱かれている読者の方には、特に楽しんでいただけると思います。

もちろん、彼女だけでなくほかの二人のヒロインも頑張ってエロエロで魅力的になるよう書いていますので、楽しんでいただけると嬉しいです！

そして、タイトルどおりハーレムエッチも完備しています。

あきのそらさんが、三人のヒロインの魅力をイラストとしてこれ以上ないほど素晴らしく描き下ろしてくださいました！

一枚一枚がため息が出てしまうほど魅力的で、とてもエッチなイラストになっています。

こちらもぜひお楽しみください！


そして、今回も執筆にあたって様々な方のご協力をいただきました。

担当編集さん。今回も原稿を書き上げる上で、貴方の存在は欠かせませんでした。

そして、イラストのあきのそらさん。表紙、口絵、挿絵と多くの美麗なイラストを提供してくださって、本当にありがとうございました。

最後に、この本を手に取ってくださった読者の皆様。

今回も、皆さまが応援してくださっているおかげで、こうして無事に本を出すことができています。これからご声援に応えられるよう頑張ってまいりますので、よろしくお願いいたします。

それでは、バイバイ！

二〇一九年六月　愛内なの

キングノベルス

低レベルすぎて追放されたけど最強スキル発動で無双ハーレム！

2019年 8月 30日　初版第1刷 発行

■著　　者　　愛内なの
■イラスト　　あきのそら

発行人：久保田裕
発行元：株式会社パラダイム
〒166-0011
東京都杉並区梅里2-40-19
ワールドビル202
TEL 03-5306-6921

印 刷 所：中央精版印刷株式会社

KN069

王国最強を誇った転生者アルヴィンが移住先に決めたのは、素朴な人々が暮らす島国だった。神官ルーシャや魔法使いのティルア、忍者のエミリとの恋人生活で、希望どおりの穏やかな日々を手に入れて、充実した村人ライフを満喫していたが!?

KiNG novels